CAZA DE BRUJAS
UN MISTERIO PARANORMAL DE LAS BRUJAS DE WESTWICK

COLLEEN CROSS

Traducido por
ALICIA BOTELLA JUAN

CAZA DE BRUJAS

Un misterio paranormal de las brujas de Westwick

Colleen Tompkins escribiendo como Colleen Cross

Copyright © 2018 por Colleen Cross, Colleen Tompkins

Todos los derechos reservados. Ninguna parte de esta publicación puede ser reproducida, almacenada en un sistema de recuperación, ni ser transmitida en ninguna forma ni por ningún medio –electrónico, mecánico, de grabación, ni de ningún otro modo– sin el previo consentimiento por escrito del propietario de los derechos de autor y la editorial. El escaneo, carga y distribución de este libro por internet o por cualquier otro medio sin permiso de la editorial es ilegal y está castigado por la ley.

Por favor, compre solo ediciones electrónicas autorizadas y no participe ni aliente la piratería informática de material sujeto a copyright. Si está leyendo este eBook y no lo ha comprado, o si no fue comprado solo para su uso, entonces por favor devuélvalo a la fuente donde lo descargó y compre su propia compra. Agradecemos su apoyo a los derechos de la autora.

Esto es una obra de ficción. Nombres, personajes, lugares e incidentes, o son producto de la imaginación de la autora o se han usado de modo ficticio, y cualquier parecido con personas actuales, vivas o muertas, establecimientos públicos, acontecimientos o locales es pura coincidencia.

Para más información, vea: http://ColleenCross.com

ISBN ebook : 978-1-988272-84-9

ISBN tapa dura : 9781988268841

ISBN tapa blanda : 9781778660320

OTRAS OBRAS DE COLLEEN CROSS

Los misterios de las brujas de Westwick

Caza de brujas

La bruja de la suerte

Bruja y famosa

Brujil Navidad

Brujería mortal

Serie de suspenses y misterios de Katerina Carter, detective privada

Maniobra de evasión

Teoría del Juego

Fórmula Mortal

Greenwash: Un Engaño Verde

Fraude en rojo

Luna azul

No-Ficción:

Anatomía de un esquema Ponzi: Estafas pasadas y presentes

¡Inscríbete su boletín para estar al tanto de sus nuevos lanzamientos!

http://eepurl.com/c0js9v

www.colleencross.com

CAZA DE BRUJAS

UN MISTERIO PARANORMAL DE LAS BRUJAS DE WESTWICK

CUIDADO CON LO QUE DESEAS...

«...Una cautivadora historia sobrenatural. Si te gusta el misterio te encantarán Cendrine West y su extravagante familia de brujas.»

Cendrine West esconde un secreto, no quiere ser bruja. Tampoco es que sea una de las buenas, algo que su tía Pearl no deja de recordarle. Pero no puede huir de sus raíces, y menos en el pequeño pueblo de Westwick Corners, donde la familia de brujas West lleva generaciones causando problemas.

Todo empieza cuando aparece un cadáver justo antes de la boda de Cendrine. Su investigación detectivesca desvela una conexión sobrenatural y un secreto sobre su prometido que preferiría no haber descubierto. Cendrine se ve obligada a poner a prueba su brujería. ¿Será lo bastante buena como para salvar a su familia y a todo el pueblo?

La escena del crimen apunta a su malhumorada tía Pearl que ha prometido acabar a toda costa con el turismo en el pueblo. Además, está empeñada en echar a Tyler Gates, el nuevo y atractivo sheriff, al igual que hizo con sus predecesores. Por si no fuera suficiente, el fantasma de la abuela Vi quiere entrar en acción. Cendrine promete ayudar a su tía, aunque ella misma salga perjudicada.

Mientras se construye la acusación contra la tía Pearl vuelan chispas entre Cendrine y Tyler. ¿Podrá Cendrine encaminar la investigación (y su corazón) en la buena dirección?

Si te gustan las historias de misterio con una dosis de humor y un toque sobrenatural, te encantará esta paranormal historia de brujas.

CAPÍTULO 1

Acababa de sacar el móvil del bolso porque estaba sonando, cuando la tía Pearl llegó volando a mi nueva sala de redacción. Literalmente. Algo totalmente prohibido durante las horas de luz. El hecho de que fuéramos brujas no era un secreto guardado a cal y canto en el pequeño pueblo de Westwick Corners, pero mejor no ir alardeando de ello.

Se plantó en el marco de la puerta y gritó:

—¡Cendrine!

La tía Pearl solo usaba mi nombre completo cuando estaba enfadada. Yo también tenía derecho a estarlo. Llevaba en la oficina desde las seis de la mañana para ponerme al día. Era casi mediodía y estaba cansada, hambrienta y sudorosa, y encima el aire acondicionado había decidido estropearse en el momento más oportuno.

Y el resto del día estaba a punto de complicarse. Bueno, no si podía hacer algo por evitarlo.

La ignoré mientras mi teléfono seguía sonando y comprobé el nombre que aparecía en pantalla. Era mamá otra vez. Ya me había llamado media docena de veces esa mañana con preguntas sobre el ensayo de la boda y la inauguración oficial del hostal Westwick

Corners, ambas cosas previstas para ese mismo día. Tendría que haberme quedado en casa.

—Cendrine, el nuevo sheriff es un imbécil. Quiero que lo pongas al día de todo —dijo desde el umbral de la puerta, esperando una reacción por mi parte.

—No —respondí dándome a vuelta y contestando al teléfono.

Mamá estaba frenética.

—Cen, no encuentro a Pearl. Me preocupa que se haya ido y haya hecho otra de sus locuras.

Activé el altavoz y levanté las cejas en dirección a la tía Pearl.

—Está aquí, conmigo.

La tía Pearl se acercó a mi mesa y le gritó al teléfono:

—No necesito ninguna niñera, Ruby. Soy perfectamente capaz de divertirme sola.

—Eso es lo que me preocupa —respondió mamá—. No puedes seguir echando a la gente del pueblo, sobre todo si son autoridades. No está bien.

—¿Por qué no me pones un dispositivo de seguimiento? Por Dios. —La tía Pearl se dejó caer en una silla frente a mi mesa—. No soy una niña.

—A veces actúas como tal.

Parece ser que yo no era la única que se preguntaba con qué tipo de bienvenida había recibido la tía Pearl al nuevo sheriff. Era mejor no alardear de nuestras habilidades. Los West fueron una de las familias fundadoras, hace más de un siglo, cuando mis bisabuelos se instalaron en Westwick Corners. Sin embargo, podíamos dejar de ser bienvenidos en cualquier momento. La tolerancia de los demás tenía un límite.

La tía Pearl ignoró mi respuesta. Tal vez nuestro legado familiar le había hecho creer que tenía derecho a comportarse así. Era una lástima, porque su continua falta de respeto por las reglas amenazaba nuestra convivencia en el pueblo, aunque parecía no importarle lo más mínimo.

Me arrancó el móvil de las manos y bramó:

—Es una molestia, Ruby. Cen va a tener que explicarle todo.

Recuperé mi móvil.

—No voy a hacer nada de eso. Lo que tú quieres y lo que hace que se vendan periódicos son dos cosas muy diferentes, tía Pearl. No puedo ayudarte. El *Westwick Corners Weekly* está a punto de publicarse.

Había conseguido mi trabajo comprándole el periódico al anterior propietario cuando se jubiló. La mayor parte de la industria local había decaído cuando desviaron la carretera estatal hace unos años. La mayoría de jóvenes de mi edad se habían marchado a lugares con más futuro poco después. Los pocos que nos quedamos ganábamos lo justo para sobrevivir.

Escuché la voz de mi madre a través del teléfono:

—Cen, Pearl solo intenta ayudar. Te tomas tu trabajo demasiado en serio.

No me sorprendió el repentino cambio de tono de mi madre. Simplemente se había posicionado del lado de su hermana mayor para minimizar los daños colaterales y curarse en salud. Como la tía Pearl normalmente se salía con la suya, mamá había adoptado la estrategia de evitar los conflictos. Una estrategia que, a largo plazo, creaba más problemas de los que resolvía.

—Tengo que irme. Nos vemos en unas horas. —Mamá había permitido que la tía Pearl siguiera con su mal comportamiento tras los inútiles intentos por mantener la paz. No sabía cómo había movido los hilos la tía Pearl para conseguir lo que quería. Yo, en cambio, me mantenía firme. El resultado final era que mi tía y yo siempre acabábamos tirándonos de los pelos.

La tía Pearl se hundió en la silla y resopló:

—Esto no es un periódico. Solo hay publicidad y cupones de descuento coleccionables. ¿Por qué malgastar tu tiempo? Nadie lee los artículos que escribes. Acéptalo, Cen. Este periódico es una porquería.

—Por lo menos me gano la vida de forma honesta. —Cada vez que me estaba de bajón, la tía Pearl me hacía sentir aún peor. Aunque no le faltaba razón. Había invertido todo mi dinero en un trabajo a tiempo parcial mal remunerado, y ni siquiera se me daba bien. Había pocas opciones para ganarse la vida en el pueblo, así que la mayoría de nosotros teníamos que ser emprendedores—. Podrías decir algo amable para variar.

Mi tía se quedó mirándome en silencio unos segundos. Eran pocas las veces se quedaba sin palabras. Más me valía escuchar su última retahíla de improperios si quería salir de la oficina a tiempo. Se inclinó hacia adelante.

—Te daré una exclusiva para que, por una vez, tengas una historia decente. El nuevo sheriff es un corrupto y quiero que publiques sus delitos.

—¿Qué delitos? —Comprobé el reloj. Era casi mediodía—. El sheriff Gates solo lleva unas horas en su puesto. ¿Qué delito podría haber cometido en tan poco tiempo?

—Tiene un pasado, Cen. Un pasado oscuro.

—¿Acaso no lo tienen todos?

Tyler Gates era el quinto sheriff en seis meses. Solo atraíamos a desertores, holgazanes e indeseables a los que no emplearían en ningún otro lugar. Estaba dispuesta a dejarle un poco de margen, ya que una figura de autoridad era mejor que ninguna. Teníamos lo mejor que podíamos conseguir.

—Sé por qué dejó su último trabajo. —Pearl me guiñó el ojo—. Es un escándalo.

—¿En serio?

Lo único bueno del cambio de autoridades era que las habilidades sobrenaturales de mi familia se mantenían más o menos en secreto. Lo malo era que no tendría que ser así. La razón principal por la que abandonaban su puesto era por la delincuente que tenía justo enfrente.

—Sí, en serio. Y una cosa más, el cartel de la autovía atrae al tipo de gente equivocado. —Entornó los ojos mientras se ponía de pie para parecer más alta. Toda ella era indignación e intimidación.

—Atrae a turistas, tía Pearl. Es el tipo de gente que necesitamos.

La tía Pearl odiaba a los visitantes, y, a menos que dejara sus travesuras, Westwick Corners estaba destinada a convertirse en otro pueblo fantasma del estado de Washington. Nuestro pueblo no tenía industria local, solo ancianos granjeros por los alrededores que no gastaban mucho.

El turismo era nuestra única opción, así que habíamos pasado meses reavivando Westwick Corners para darle la imagen de un lugar idóneo para una escapada rural de fin de semana. Tenía el presentimiento de que el fruto de nuestros esfuerzos estaba a punto de echarse a perder.

—¿A qué huele?

Olisqueé el aire preocupada porque el típico aroma a lavanda pasada de la tía Pearl hubiera cambiado por un desagradable olor a gasolina. La última vez que olió a gasolina se había metido en el radar de la policía del estado de Washington. Ni al pueblo ni a la familia nos convenía que eso se volviera a repetir.

La tía Pearl sonrió con superioridad pero guardó silencio.

—El pueblo votó sí a la nueva señalización de la autopista, tía Pearl. Los siento pero la mayoría manda.

Casi nunca venían visitantes desde que la intersección de la autovía había sido desviada a Shady Creek hacía unos años. Teníamos que cambiar ese hecho urgentemente.

—Por favor, no me digas que has vuelto a estropear la señal de la autovía.

Silencio.

Los impuestos a la propiedad se habían disparado por culpa de los constantes incendios provocados y el vandalismo, pedir disculpas solo funcionó durante un tiempo. La señal de la autovía no era lo único que teníamos que reemplazar regularmente, y estaba cansada del creciente odio hacia mi familia por culpa de las fechorías de la tía Pearl. Tenía la corazonada de que lo de la señal de la autovía no era lo único que se estaba callando.

—Puedo oler la gasolina desde un kilómetro. ¿Qué has hecho?

La tía Pearl inspiró.

—Yo no huelo nada. Deja de cambiar de tema, Cendrine. Esa señal perjudica a mi negocio.

No tenía ni idea de por qué mi tía estaba enfadada conmigo. Decidí actuar con cuidado ya que la piromanía y los poderes sobrenaturales no eran una buena combinación. Los poderes mágicos son tanto un don como una maldición. Yo creía que teníamos que utilizar la magia para hacer el bien, no para causar estragos. La tía Pearl no pensaba lo mismo.

—¿Qué negocio? —Parpadeé para evitar que me lloraran los ojos por los agresivos vapores.

—La Escuela de Encanto Pearl.

—¿Cómo? —Mi tía era de todo menos encantadora.

—Mi nueva escuela de magia.

—¿Qué escuela de magia? Ya tienes un trabajo en el hostal. De hecho, tendrías que estar allí ahora mismo ayudando a mamá.

El trabajo de «día» oficial de la tía Pearl era de ama de llaves del hostal. Era una buena forma de mantenerla ocupada. Aunque tuviera setenta años, se metía en problemas cuando disponía de demasiado tiempo libre.

—Ruby lo tiene todo bajo control.

—Parecía bastante estresada por el teléfono. Creo que necesitaba tu ayuda. Los huéspedes llegarán en cualquier momento.

Teníamos todas las habitaciones reservadas y algunos huéspedes muy importantes. Tonya y Sebastien Plant, la multimillonaria pareja que había fundado Travel Unraveled, la mayor agencia de viajes online del mundo, eran nuestros invitados de honor. Contra todo pronóstico, habían aceptado nuestra invitación para hospedarse en el hostal, y teníamos la esperanza de que eso nos diera buena publicidad. Su experiencia podría impulsar o quebrar nuestro negocio. Era matar o morir, por así decirlo.

—La escuela de encanto Pearl también prepara una gran inauguración. —La tía Pearl inspiró mientras una tarjeta de presentación se materializaba entre sus dedos. Me la tendió—. Deberías inscribirte. Dios sabe que no te vendría mal refrescar tus conocimientos. No es de extrañar que tus habilidades estén oxidadas, ya que nunca practicas. Las clases empiezan mañana a las nueve en punto.

—No es buen momento, tía Pearl.

Hice girar la tarjeta entre mis dedos y el hológrafo de una bruja me saludó con la mano. La puse boca abajo en la mesa.

—El único buen momento es el presente, sobre todo a mi edad. Haré lo que me plazca —dijo—. Llevo viviendo aquí más tiempo que tú. Además, la Escuela de Encanto Pearl forma parte del cambio de imagen del pueblo. Atrae a turistas sobrenaturales.

—La brujería no es parte del plan oficial.

Todo el pueblo había pasado miles de horas trabajando en equipo en la nueva estrategia turística y la tía Pearl estaba a punto de sabotearla.

Todos los edificios del pueblo, incluyendo el hostal, habían sido restaurados para recuperar la gloria que los caracterizaba a principios del siglo XX. Lo único que no habíamos recuperado de momento era el teatro *burlesque*, aunque teníamos planes futuros para un auditorio.

Poca gente sabía que Westwick Corners estaba situado en uno de los mayores vórtices o centros energéticos de la tierra. Lo creáis o no era un buen imán para turistas. El vórtice es lo que atrajo aquí a la familia West en primer lugar. Y hasta el momento había sido un secreto muy bien guardado.

Ahora que los tiempos habían cambiado y el pueblo luchaba por sobrevivir, habíamos decidido invertir en el vórtice. Habíamos promocionado un clima New Age, con un centro de curación espiritual, un spa y una tienda de regalos sobre energía terrestre.

Pero nada de brujería.

—Ni siquiera tienes un sitio donde impartir clase.

Mi tía levantó las cejas y sonrió con superioridad.

—Eso no es cierto. Acabo de alquilar la antigua escuela.

—No puedes hacer magia a plena vista.

La escuela estaba a un centenar de metros del hostal, y era claramente visible desde la Calle Mayor. Me estremecí al pensar en la tía Pearl practicando magia ante los turistas. Era la receta para un desastre total.

—Vivimos en un país libre —resopló la tía Pearl—. Hago lo que quiero. La mayoría de la gente de por aquí sabe de nuestras habilidades.

Eso era más o menos cierto. Los secretos son difíciles de guardar en Westwick Corners, un pueblo pequeño donde todo el mundo se conoce. Aunque el resto de los habitantes desconocían el verdadero alcance de nuestros poderes. Tenían vagas nociones sobre pociones y rituales paganos, pero más allá de eso no sabían mucho, y era la mejor situación para todos. La idea de que Westwick Corners se convirtiera en el equivalente a una ciudad universitaria de brujas destrozaría el delicado equilibrio de nuestra frágil existencia.

Seguimos la política «no preguntes, no digas». Los demás habitantes no preguntan y nosotras no decimos nada. Nos va mejor así. Quería empezar con buen pie con el nuevo sheriff, y estaba segura de que hacer gala de nuestros poderes causaría el efecto contrario. Suspiré.

—Primero necesitas una licencia de apertura. ¿De verdad vas a inscribirla como escuela de magia?

La tía Pearl frunció el ceño y cambió de tema.

—Los jóvenes de hoy no sabéis apreciar vuestro legado. Tú, por ejemplo, has abandonado tus poderes para pasar el tiempo en este cuchitril.

—El *Westwick Corners Weekly* no es ningún cuchitril. Es un periódico con cien años de antigüedad.

Observé con exasperación mi austera oficina. No podía renovar nada hasta que el periódico no produjera más beneficios con la publicidad. Y eso no sucedería sin un crecimiento de la economía local.

—Desde luego este sitio parece tener más de cien años. En eso tienes razón —se mofó la tía Pearl.

—Es una redacción, no una galería de arte.

La tía Pearl tenía un talento especial para desprestigiar mis logros. Me había dejado llevar por el corazón y no por la cabeza al pensar que podía rescatar el periódico, pero tampoco es que tuviera muchas alternativas. El *Westwick Corners Weekly* no era el *The New York Times*, pero era mío, y sabía convertir los rumores en buenas historias.

—Tú misma. Pero no puedo garantizar la seguridad de tus visitantes mortales. Mis alumnos tienen que practicar con personas reales.

—Esto lo acordamos entre todos, tía Pearl, tú incluida. —Me daba miedo preguntar a qué se refería con lo de practicar con personas, pero no era el momento—. Quéjate todo lo que quieras, pero necesitamos a los turistas. Y dudo que ya tengas alumnos matriculados.

—¿Qué te apuestas? Tengo la clase casi llena.

Probablemente estuviera mintiendo pero no iba a correr el riesgo.

—Te hago responsable de la seguridad y del bienestar de nuestros huéspedes.

Mi futuro se basaba en el crecimiento y la prosperidad de Westwick Corners. De no ser así, ¿por qué seguir aquí?

Brayden Banks era una de las razones. Mi prometido era el alcalde, así que no podíamos mudarnos. Nos casábamos en dos semanas y mi futuro estaba completamente planificado.

—Y un cuerno.

La tía Pearl se dio y la vuelta y se marchó echando chispas de mi oficina. La puerta de abajo dio un portazo mientras la tía Pearl desaparecía hacia el vestíbulo. Volvió a aparecer bruscamente tras unos segundos y entró de nuevo enérgicamente en mi despacho.

La seguía de cerca un hombre de espalda ancha que debía tener unos veintitantos. Me quedé boquiabierta al reconocer el uniforme beige que acentuaba su figura atlética. El nuevo sheriff no se parecía en nada a sus predecesores de mediana edad, calvos y de prominentes barrigas. A juzgar por su manera de andar, parecía que ya estaba de servicio.

—¿Y ahora qué?

Tenía el presentimiento de que esa visita estaba directamente relacionada con mi tía la pirómana que estaba en ese momento ante mí, conteniendo el aliento.

—Te propongo un trato —dijo la tía Pearl—. Tú me ayudas con el sheriff y a cambio te concedo una beca para estudiar en la Escuela de Encanto Pearl.

—Ni hablar. No hay ningún trato. Y no pienso matricularme en un tu estúpida escuela de magia.

Tan pronto como pronuncié esas palabras me arrepentí de haberlo hecho. Por suerte el sheriff estaba unos metros atrás y fuera del alcance del oído. La tía Pearl me miró de arriba abajo y sacudió la cabeza lentamente.

COLLEEN CROSS

—Si tu abuela pudiera verte se avergonzaría de tu actitud y tu magia oxidada. Si hay alguien que necesite la escuela de encanto eres tú, Cendrine.

Técnicamente mi abuela podía verme, ya que cuando quería se materializaba como fantasma. Últimamente la abuela Vi había estado bastante callada, ya que tenía sus propios problemas. Estaba disgustada porque su casa ancestral había sido transformada en el hostal Westwick Corners. Los cambios eran difíciles para todos.

—No necesito tu escuela. Tengo cosas más importantes que hacer.

La tía Pearl resopló.

—¿Qué hay más importante que la magia?

Mis ojos se movieron rápidamente hacia el sheriff que se acercaba, pero aún estaba lejos. La tía Pearl desconocía las actividades de todos aquellos que no fueran ella misma, como siempre.

—Salvar el pueblo, por ejemplo. Hemos trabajado mucho para impedir que se convirtiera en un pueblo fantasma.

—¿Qué tienen de malo los pueblos fantasma? Me he cansado de los intrusos. Me gustaría tener un poco de paz y tranquilidad para variar. —Se encogió de hombros.

La mayor parte de la agitación derivaba directamente de las acciones de la tía Pearl. La mitad de la población quería desterrar a mi tía la pirómana y parece ser que el nuevo sheriff también le tenía ganas.

—¿Tienes algo que decirme antes de que llegue aquí?

—No.

Un pequeño tic en el ojo derecho me dio a entender que estaba escondiendo algo. Bruja o no, ninguna magia podía disimular su engaño.

—Más te vale que la señal de la autovía esté intacta, tía Pearl. Me prometiste que no harías nada ilegal.

—No prometí nada por el estilo. Y, aunque lo hubiera hecho, habría cruzado los dedos. —Sus delgados brazos se movieron al agitar la mano en el aire.

—Hablaremos de ello más tarde. —Puse los ojos en blanco.

—¿Interrumpo algo?

El sheriff Gates estaba en la puerta. Era difícil no mirarlo, no es que no quisiera. Su ondulado cabello oscuro rozó el marco de la puerta al pasar por ella para entrar en mi oficina. Mi corazón se saltó un latido cuando mi mirada encontró sus ojos del color del chocolate. De repente, Westwick Corners parecía no ser tan aburrida después de todo. Me quedé paralizada por su encantadora sonrisa. Le tendí la mano.

—Sheriff, muchas gracias por venir a Westwick Corners.

—Llámame Tyler. Este sitio es demasiado pequeño para ser tan formal. —Me cogió la mano y la sacudió. Sentí un nudo en la garganta cuando nuestras miradas se cruzaron.

—Espero que te guste el sitio —dije y me ruboricé mientras miraba descaradamente al hombre más guapo que mis ojos habían visto jamás. El sheriff esquivó cuidadosamente a la tía Pearl.

—Tenía planeado venir unos días después, pero ha pasado algo —dijo mientras inclinaba la cabeza hacia mi tía.

—¿Sí? —El uniforme le marcaba los músculos del pecho ciñéndose en los lugares más apropiados—. Si se trata de la tía Pearl a veces puede ser un poco estrafalaria. —Sentí un tirón en la manga.

—No habléis de mí como si no estuviera aquí. —La tía Pearl se inclinó posicionándose entre nosotros—. De eso quería hablarte. El sheriff...

Tosí al inhalar el *eau* de gasolina de mi tía.

—No te voy a pagar la fianza esta vez. Si has hecho algo confiésalo. —Me dirigí hacia Tyler—. Estoy segura de que podemos arreglar esto.

Como única periodista del pueblo quería tener una buena relación laboral con la única autoridad. Sí. Además de estar increíblemente bueno, Tyler Gates parecía bastante normal. De hecho, era demasiado normal para Westwick Corners. Tendría más o menos mi edad, a diferencia de sus predecesores que solo venían al pueblo como último recurso cuando nadie más quería contratarlos. Pero el hecho de que estuviera aquí quería decir que Tyler Gates tenía trapos sucios. Simplemente, sus defectos no eran visibles a primera vista. Me volví hacia mi tía.

—¿Qué has hecho que no me estás diciendo?

—Es lo que he estado intentando decirte, Cen. Escuchar nunca ha sido uno de tus puntos fuertes. —Se acercó más aún y susurró—. He tenido que usar algo de magia.

La fulminé con la mirada.

—¿Has tenido que usar qué?

El sheriff Gates frunció el ceño y se inclinó sigilosamente.

—Esa parte no la he oído.

Casi se me para el corazón. Teníamos que guardar el secreto.

—Un hacha —dije—. Ha usado un hacha para cortar la señal. ¿Es eso lo que decías, tía Pearl?

Tenía que ser la maldita señal. No iba a dejarlo estar. Se encogió de hombros. Las comisuras de su boca se curvaron en una sonrisa divertida ante mi desafortunada invención. El sheriff parecía confuso.

—La señal estaba quemada, no cortada. No lo entiendo.

Le quité importancia.

—La tía Pearl se confunde a veces.

—¡No lo hago! —gritó la tía Pearl—. Tengo las ideas bien claras.

La volví a fulminar con los ojos y al girarme le ofrecí al sheriff una sonrisa amable.

—No lo volverá a hacer, lo prometo.

La tía Pearl chasqueó los dedos en dirección al sheriff.

—¿Hacer qué? —Unas décimas de segundo más tarde quedó congelado.

—¡Tía Pearl! ¡Quítale el hechizo! —Me horrorizaba su flagrante falta de respeto hacia el nuevo sheriff—. ¡Luego dices de mi magia! ¡Lo tuyo es abuso de poder!

La tía Pearl parpadeó mientras chasqueó de nuevo los dedos dos veces.

—Demasiado tarde.

El sheriff se tambaleó ligeramente y recuperó el equilibrio cuando el hechizo se desvaneció.

—Nunca es tarde para la justicia —dijo guiñándole el ojo mientras arrugaba la nariz por el fuerte olor—. Creo que me va a gustar este sitio.

—¿En serio? —respondimos las dos a la vez.

—Seguro que sí. —Se metió la mano en el bolsillo de la camisa y sacó un bloc de notas. Escribió algo con el boli, rasgó la hoja y se la tendió a la tía Pearl—. Llevo menos de un día en el puesto y ya me estoy ganando el sueldo.

La sonrisa de la tía Pearl se desvaneció en cuanto leyó el papel. Lo dejó en mi mesa. Era una multa de quinientos dólares por desorden público.

Este sheriff se tomaba en serio su trabajo.

Me gustaba.

CAPÍTULO 2

Conducía con las ventanas abiertas disfrutando de la suave brisa de tarde de finales de verano que suavizaba el calor.

El verano es mi estación del año favorita, pero también me encanta la promesa de nuevos principios que trae el otoño. El cambio de estación que se avecinaba auguraba nuevos comienzos en más de un sentido. La gran apertura del hostal Westwick Corners marcaba el inicio del nuevo negocio familiar, y dos semanas después de eso, se celebraría mi boda, lo que supondría un nuevo capítulo de mi vida.

En lugar de emoción, lo que sentía en mi pecho era pesadumbre. Tenía asumido que viviríamos felices y comeríamos perdices como todos los demás, pero algo había cambiado unos meses antes cuando Brayden se convirtió en el alcalde más joven de la historia de Westwick Corners. Sus ambiciones políticas parecían más importantes que pasar tiempo conmigo. Cancelaba nuestros planes uno tras otro. No estaba hecha para ser esposa de un político, pero parecía demasiado tarde para cambiar la situación.

Ni siquiera tenía a nadie con quien hablarlo. Todos mis amigos se habían marchado de la ciudad al acabar el instituto para ir a la universidad o trabajar en Seattle, o incluso más lejos. Básicamente, a cualquier lugar que no fuera el aburrido Westwick Corners. Brayden y yo éramos los únicos que quedábamos de nuestra promoción. El resto de la población estaba casada y con hijos. Los pocos solteros que quedaban eran prácticamente mis parientes. A las brujas no les va mucho el matrimonio, pero eso es otra historia.

Probablemente yo también me hubiera mudado si no hubiera sido por Brayden. Tomé la decisión libremente, pero echo de menos pasar tiempo con mis amigos. Por lo menos a la mayoría los vería en unas semanas en mi boda.

Conduje por el sinuoso camino rodeado de árboles y llegué a la cima de la colina. Nuestra propiedad rural se asentaba en una colina que daba al valle. El hostal Westwick Corners era la antigua casa familiar, una mansión señorial junto a un viñedo y un jardín formal. Al igual que el resto del mundo, necesitábamos una manera de ganarnos la vida, así que habíamos planeado convertirla en un hostal para mantenernos.

La renovada propiedad serviría también como lugar para celebrar la boda. Brayden y yo intercambiaríamos los votos en la glorieta del jardín. El ensayo de ese día iba a ser algo rápido, solamente para contentar a la perfeccionista de mi madre y demostrar que nos casaríamos sin contratiempos.

Aparqué y observe el hostal Westwick Corners mientras me dirigía hacia el jardín. El edificio contaba con doce habitaciones, las dos de la planta baja eran privadas porque eran de mamá y la tía Pearl. Yo vivía en una casa del árbol en la parte trasera de la propiedad.

Era una idílica cabañita entre árboles que construyó mi abuelo para mi abuela hace más de medio siglo. Tal vez suene a casa de juegos para niños, pero era un escondite grandioso. Tenía noventa metros cuadrados repartidos en dos niveles, tanto dentro como alrededor del enorme roble que la sostenía. Tenía lo mejor de ambos mundos, cerca de mi excéntrica familia, pero no demasiado. Me entristecía pensar que dejaría mi hogar cuando me fuera a vivir con Brayden después de la boda.

Se me encogió el corazón al entrar en el aparcamiento y notar que el BMW de Brayden brillaba por su ausencia. La carretera que subía por la colina hasta nuestra propiedad estaba completamente vacía. No se veía ni un coche. Me molestaba que Brayden no fuera capaz de llegar puntual ni al ensayo de su boda. Sus retrasos nos hacían perder el tiempo a los que éramos puntuales, y me enfadaba tener que estar siempre esperándole. A mi madre tampoco iba a hacerle ninguna gracia tener que modificar el horario que había planeado para un día tan ajetreado. Detestaba tener que inventarme excusas para justificarle, y temía que llegara tarde también el día de la boda.

Quizás estaba siendo injusta, porque en aún faltaban unos minutos para la hora acordada. Atravesé el jardín formal de rosas inhalando la delicada esencia que perfumaba el camino hasta la glorieta. El jardín estaba en plena floración, el ambiente perfecto para la ceremonia.

El exterior de la glorieta estaba parcialmente cubierto con exuberantes variedades de enredaderas que se entrelazaban alrededor de los pilares y proporcionaban sombra. Grandes rosas blancas se combinaban con pequeñas flores rosadas en forma de estrella, creando una preciosa alfombra floral.

Oí las voces de mamá y de la tía Pearl elevarse desde la glorieta a medida que me acercaba. Mamá recolocaba minuciosamente una parra que se había aflojado mientras la tía Pearl la observaba. Me sorprendió ver a mi tía, ya que no era de las que se interesaba por las bodas por eventos de ese tipo. Probablemente, mamá la habría convencido de que viniera solo para mantenerla alejada de los problemas.

Mamá levantó la vista y me saludó mientras me acercaba. Era de baja estatura, al igual que la tía Pearl, pero su parecido acababa ahí. La tía Pearl era todo piel y huesos comparada con la figura rolliza de mamá, resultado de probar la comida dos o incluso tres veces cada vez que cocinaba. Ese día mamá parecía cansada de completar las infinitas tareas de su lista. La inauguración del hostal, mi boda y su perfeccionismo la llevaban estresada.

—Creíamos que estabas en un atasco.

Los atascos eran algo desconocido en Westwick Corners. Ese comentario simplemente era la manera de mamá de regañarme de forma indirecta por hacerla esperar. Nunca decía las cosas directamente, menos aún las negativas. Reprimía sus emociones y se estresaba en lugar de expresarlas y arriesgarse a molestar a alguien. Era su forma de evadir los problemas. Sin embargo, no era muy efectiva, ya que su esfuerzo por mantener la tranquilidad le provocaba dolorosas migrañas.

Al acercarme reparé en la frente perlada de sudor de la tía Perla. Estaría tramando algo. No tenía claro de qué se trataba, pero tenía el presentimiento de que no tardaría en descubrirlo. Como si su pirotecnia con la señalización de la carretera no hubiera causado suficientes problemas.

Respiré profundamente para buscar mi calma interior. No reaccionaría ante la tía Pearl, hiciera lo que hiciera. No le gustaba que me casara con el alcalde, aunque Brayden fuera mi novio desde instituto y lo conociera de toda la vida. Desde que se convirtió en representante de la institución lo hacía responsable de cualquier norma que no le gustara.

Se veía de leguas que acabaríamos casados mucho antes de que él me lo propusiera. Todos los de nuestra promoción se habían marchado tan pronto como habían podido, así que Brayden era el único hombre soltero del pueblo que no estaba jubilado. Además del nuevo sheriff, por supuesto. Pero Tyler Gates no contaba. Se iría en unos meses, como todos los otros sheriffs antes de él.

La tía Pearl y los representantes de la ley no eran una buena combinación. Había echado de la ciudad a media docena de sheriffs por culpa de sus travesuras. Su magia y los turbios asuntos de las autoridades habían resultado ser una catastrófica combinación para el orden y la ley. Al menos hasta el momento. Recordé que un rato antes el sheriff Tyler Gates le había puesto una multa. Sus cálidos ojos marrones no habían vacilado lo más mínimo. Y mirarlo era todo un placer.

—¡Cendrine! —gritó mi tía—. ¡Presta atención!

Oh, oh. Seguía enfadada conmigo.

Aceleré el paso.

—¿Qué?

No había hecho nada aparte de posicionarme del lado del sheriff al castigar sus actos de pirotecnia. No conseguí hacerla enfadar a menudo, y tengo que admitir que sentí una pizca de satisfacción.

—No tengo todo el día. Adelanta —espetó la tía Pearl—. Tengo que sustituir a ese no muy buen novio tuyo. Los hombres de verdad no dejan plantadas a sus mujeres frente al altar. Es un mal augurio. Siempre te lo digo, pero no me haces caso. Estás mejor soltera.

—Solo ves lo malo, tiene su lado bueno.

Aunque fuera borde conmigo, la tía Pearl solo quería lo mejor para mí. Al menos eso es lo que yo me decía. Levantó las cejas.

—No me gusta su lado bueno, su lado malo, ni ningún otro lado. A ninguna nos gusta. ¿Se pierde el ensayo de su boda? En serio, Cen. Déjalo ahora que estás a tiempo. —Mamá se encogió de hombros tras la tía Pearl—. Ruby, no te llevas un buen yerno.

—Pearl, estoy seguro de que tiene una buena razón para llegar tarde. Además, es Cen quien se va a casar con él, no tú.

Mamá se interpuso entre nosotras como un árbitro en una pelea de boxeo. No era fácil hacer de mediadora en una familia de brujas obstinadas.

—Brayden ya es parte de la familia, te guste o no. Tiene algunas cualidades maravillosas.

Como de costumbre, las palabras de mamá tuvieron un efecto tranquilizador y ambas nos callamos. Solté un suspiro de alivio. Aunque mi tía solo pesara cuarenta kilos y yo le sacara por lo menos diez, me ganaba en astucia, picardía y magia. No tenía ninguna oportunidad contra ella.

—Acabemos con esto. Los primeros invitados llegarán en menos de una hora —dijo mamá entrelazando las manos con nerviosismo mientras nos dirigíamos a los escalones de la glorieta.

—Brayden me ha llamado para decir que la reunión se ha alargado. Llegará en unos minutos —mentí porque era más fácil que decir la verdad.

—Tenemos suplente. Que ocupe su lugar cuando llegue —dijo mamá.

—¿Quién? —pregunté y seguí su mirada hasta mi malhumorada tía—. Ah, no. No pienso casarme con ella.

18

Mamá le quitó importancia con la mano.

—Es solo un ensayo, Cen.

—¿Por qué ensayar sin el novio? No tiene sentido.

—No tengo todo el día, Cen. —La tía Pearl miró el reloj—. Ruby tiene razón. Tengo cosas que hacer y he de ir a muchos sitios. ¿Quieres mis servicios o no?

No quería ser la que cediera, pero tenían razón. Brayden tendría que estar ahí y no estaba. Me sentí patética por inventar excusas para disculparle, pero no quería que la tía Pearl lo odiara más de lo que ya lo hacía.

—Deja de provocar problemas, Pearl. El único sitio al que tienes que ir es a este, apoyando a Cen en el ensayo —intervino mamá.

Técnicamente, no era el ensayo, ya que no habría ni fiesta ni estaba el maestro de ceremonias. Mamá había insistido en hacer un ensayo del ensayo. El hecho de que faltara el novio solo afectaba a su perfeccionismo.

Yo también estaba enfadada con Brayden. ¿Y qué si era un ensayo del ensayo? Faltaban pocas semanas para la boda. ¿Acaso no era digna de su presencia? Detestaba ser el segundo plato detrás de su agenda política y su ambición por ascender.

—A vuestros puestos chicas.

Mamá dio una palmada mientras ascendía por los peldaños de la glorieta. La seguí escaleras arriba. Se detuvo al final de la escalera y nos hico señas para que entráramos.

Casi no me di ni cuenta. Mi mirada seguía fija en la carretera vacía, preguntándome donde estaba Brayden. Los instantes siguientes fueron muy confusos porque mi pie choco contra algo duro, tropecé y caí hacia detrás.

—¿Qué demonios? —exclamó la tía Pearl mientras caía sobre mí.

—¡No puedo respirar!

Tenía cuarenta kilos de piel y huesos presionándome el pecho. Empujé con las manos para librarme de su peso, pero me quedé clavada en el suelo.

—¡Dios mío, está muerto! —chilló mamá—. ¡Hay un cuerpo en la glorieta!

Rodé instintivamente para terminar encontrándome un cadáver ensangrentando. Tenía el rostro de un hombre muerto a pocos centímetros del mío.

Grité y rodé al lado contrario tan rápido como pude, golpeándome contra la pared de la glorieta. Me puse de pie y corrí al rincón más alejado, donde se habían encogido mamá y la tía Pearl. Todas observamos la escena que teníamos ante los ojos.

Un hombre obeso yacía boca arriba en el suelo de la glorieta. Su rostro estaba tan ensangrentado que resultaba irreconocible. Un gran charco de sangre manchaba su ropa y se extendía desde debajo de su cuerpo.

—Madre de Dios —se atragantó la tía Pearl y se dio la vuelta. Un segundo después se volvió a girar—. No lo había visto nunca. No debe ser de por aquí.

Me quedé boquiabierta al reconocerlo.

—Es Sebastien Plant de Travel Unraveled. Nuestro invitado de honor.

La tía Pearl se agachó junto al cuerpo para buscar pulso o respiración.

Mamá asintió levemente al darse cuenta.

—Todavía no había registrado su llegada.

—Pues acaba de registrar su salida.

Saqué el móvil del bolsillo y marqué el número del sheriff. Necesitábamos ayuda urgentemente.

CAPÍTULO 3

Diez minutos después esperábamos ya fuera de la glorieta mientras el sheriff Tyler Gates inspeccionaba la escena del crimen. Cuando traté de aceptar que Sebastien Plant se había ido, caí en la cuenta de que, además de este huésped, pronto iban a empezar a llegar los otros. Eché un vistazo a mi flamante vestido de lino blanco manchado de sangre. Me estremecí al pensar que unos instantes antes había estado tumbada sobre un cadáver.

Me acerqué a las escaleras y miré hacia el interior. El sheriff Gates se paseaba alrededor del cuerpo con aire pensativo. Cuando abrí la boca para hablar el sheriff me interrumpió.

—¿Lo conocías?— preguntó Tyler Gates arrodillándose junto al cuerpo de Sebastien Plant.

—Personalmente no. Es Sebastien Plant, es uno de nuestros invitados —dije—. O tendría que haberlo sido, mejor dicho. Se suponía que iba a quedarse aquí esta noche, pero no aún no se había registrado. Es, o era, el multimillonario presidente ejecutivo de Travel Unraveled, el imperio global de viajes. Lo habíamos invitado para la gran inauguración.

Dirigí una mirada hacia mamá y la tía Pearl que también se habían acercado para ver mejor. Sebastien Plant yacía sobre su espalda, su enorme barriga parecía una ballena varada. Mamá hundió el rostro entre las manos.

—Se ha ido todo a pique. Nadie vendrá a alojarse aquí nunca más. ¿Qué salvación le queda a nuestro negocio?

—Tranquila. —Pearl apartó rápidamente la mirada del cuerpo que yacía en el suelo—. Probablemente le haya dado un ataque al corazón. Míralo. Está claro que no se cuidaba.

—¿Y toda esa sangre? —Negué con la cabeza—. No ha sido un ataque al corazón.

Sebastien Plant padecía obesidad mórbida, pero la sangre que manaba de su cabeza me dio a entender que la causa de la muerte no era su estilo de vida poco saludable.

—¿Cómo quieres que me tranquilice? —logró decir mamá con la voz rota. Se agarró a mi brazo en busca de apoyo—. Este pobre hombre ha perdido la vida en nuestro jardín.

—Encontraremos al asesino —señaló la tía Perla—. Pero podéis olvidaros de los estúpidos planes turísticos. Ahora nadie va a querer venir.

—Todavía no sabemos cómo murió.

A parte de la herida sangrante de la cabeza, presentaba arañazos en la cara y en los brazos. A juzgar por sus heridas, había sufrido múltiples golpes y había intentado defenderse. Me estremecí al pensar que había un asesino en nuestro entorno.

La muerte de Sebastien Plant era una tragedia. Y había ocurrido en un momento muy poco oportuno para la inauguración del hostal Westwick Corners. Me aparté de la glorieta.

—Démosle espacio al sheriff.

—¿Cómo vamos a mantener a los huéspedes lejos de la glorieta? —Los ojos de mamá fueron de mí a la glorieta mientras se retorcía las manos.

—El sheriff tendrá un plan. Seguro que se ha encontrado antes con este tipo de sucesos.

Sucesos como una escena del crimen. Traté de no mostrar mi propia preocupación. Conseguir y perder en una misma semana la atención del multimillonario Sebastien Plant también había provocado en mí una montaña rusa de emociones. La tía Pearl entornó los ojos.

—¿Quién es el asesino? ¿Hay más víctimas?

El sheriff Gates negó con la cabeza al salir del mirador.

—No me consta que haya habido más muertes. No sabremos la causa oficial del fallecimiento hasta que los técnicos analicen la escena y el forense haga la autopsia. He llamado a la policía de Shady Creek para pedir refuerzos.

Shady Creek estaba a una hora. Se fundó en la falda de la montaña hará unos veinte años y se expandió rápidamente desde que la autopista fue desviada de Westwick Corners. A medida que nuestros negocios se estancaban nos volvimos cada vez más dependientes de Shady Creek en ámbitos como centros médicos, tribunales y cualquier cosa fuera del alcance de los servicios policiales básicos.

—Vaya un experto estás hecho. Es claramente un asesinato —habló con voz plana, como si revelara una exclusiva.

El sheriff suspiró.

—No puedo hablar de la causa de la muerte, aunque sí es cierto que es muy sospechoso. Sin embargo, el médico forense es el único que puede decirnos con certeza lo que ha ocurrido, así que no saquemos conclusiones precipitadas.

Mientras el sheriff consolaba a mi madre, pasé por detrás de él para volver a mirar hacia la glorieta. Una vez superado el shock inicial quería obtener una mejor vista.

El cuerpo de Sebastien Plant yacía como un bodegón surrealista entre las decoraciones florales nupciales y las clemátides en flor que se enredaban por los postes y las barandillas. Su cabeza magullada y ensangrentada parecía el resultado de una horrible pelea de bar. Fuera cual fuera la causa de la muerte, estaba claro que no había sido una muerte natural.

Un escalofrío me recorrió la espalda. Me espanté al descubrir la varita de la tía Pearl sobre el pecho de Sebastien Plant. Debería habérsele caído y haberla olvidado con toda la confusión. Aun así, nunca había visto a la tía Pearl olvidar nada, especialmente la varita de la que nunca se separaba.

No hacía falta ser un genio para ver que la muerte de Sebastien Plant había sido el resultado de una herida por un impacto de un objeto contundente. La varita de la tía Perla en su pecho parecía sospechosa. ¿Por qué no la había cogido?

Era una prueba incriminatoria, pero explicable. Probablemente se le habría resbalado de las manos al tropezar y caer. No recordaba habérsela visto al llegar a la glorieta, aunque supongo que la tendría guardada. Todo había pasado tan rápido que mi memoria estaba borrosa.

Me preocupaba más que la tía Pearl decidiera explicar qué era, lo que sería mucho peor. El nuevo sheriff era ajeno a nuestro lado sobrenatural. Y lo mejor para todos era que siguiera así.

Eché un vistazo a la tía Pearl, que desvió la mirada rápidamente. Parecía no preocuparle que su varita descansara sobre el torso del muerto. En cualquier caso, era demasiado tarde para recuperarla. Volví a mirar a la varita y reparé por primera vez en que la punta estaba ensangrentada. El sheriff también lo vio, justo en el momento en que pasé por su lado.

—Manténganse alejadas —dijo el sheriff Tyler Gates—. No podemos contaminar la escena del crimen.

Algo blanco me llamó la atención.

—¿Qué es eso? —señalé un papel minuciosamente doblado que había junto al cuerpo—. Parece que el asesino ha dejado una nota.

El sheriff pasó por mi lado para volver a entrar a la glorieta. Se arrodilló junto al cuerpo, cogió la nota con unas pinzas y la desplegó con cuidado.

Lo seguí para ver mejor, subiendo las escaleras lentamente para no llamar su atención. Me quedé en la entrada y lo observé desenrollar la nota con el borrador de un lápiz. Tomó cuidado para tocar solo los bordes, a pesar de que llevaba guantes. Me acerqué y me puse en cuclillas junto al cuerpo para mirar más de cerca.

—Tal vez el asesino solo quería asustarlo, no matarlo.

—No deberías hacer eso —me reprendió el sheriff apartándome—. Vas a contaminar la escena.

—Creo que ya lo he hecho —me volví a estremecer al pensar que hacía solo unos minutos había estado tumbada sobre el cadáver del huésped—. ¿No vas a leer la nota?

Me moría de ganas por saber lo que decía. Incliné la cabeza a un lado y leí el mensaje en silencio. Estaba escrito todo en mayúsculas dibujadas con un rotulador negro de punta fina. La letra era redonda y simétrica, como un cuaderno de caligrafía infantil. El mensaje era tan claro como la letra:

Aunque a muchos lugares has ido,
tendrías que haberte escondido,
negociabas con Travel Unravelled,
pero aquí para ti no hay hospedaje.

Con nosotros no puedes quedarte,
ni beber cerveza, ni comer nuestros manjares.

De Westwick Corners márchate,
mientras puedas, a casa escápate.

Mantente lejos de nuestra ciudad,
o quedarás atrapado
y jamás por la Tierra volverás a andar.

—Un poema. —Pearl se colocó a mi lado—. Y uno bueno, la verdad.

No era muy común que la tía Pearl elogiara a alguien. Aunque por el ritmo parecía que tuviera un tono alegre, el mensaje no lo era. El poema era una amenaza directa a Sebastien Plant y su empresa Travel Unraveled.

—¿Por qué enviar una advertencia a una víctima ya asesinada? —No podía pensar que uno de los lugareños fuera capaz de asesinar, además, nadie además de mi familia más cercana sabía quiénes iban a ser nuestros invitados—. Hay más formas de sacar a la gente de la ciudad.

—Eso he oído —contestó el sheriff poniéndose de pie y mirando directamente a la tía Pearl, que se había acercado para ver mejor—. Tenéis que apartaros. Fuera de la escena del crimen.

—No está precintada por la policía —señaló la tía Pearl.

—Toda la glorieta es una escena del crimen. Y ahora apártense antes de contaminar las pruebas. —Tyler Gates suspiró, volvió a doblar cuidadosamente el papel y lo metió en una bolsita de plástico.

—Pero estábamos aquí de antes —le espetó la tía Pearl colocando las manos en las caderas—. ¿Seguro que sabe lo que hace, sheriff?

Le puse una mano en el hombro y la guie hasta las escaleras. Le apreté el hombro y le susurré al oído:

—¿Puedes parar, por favor? Estás causando una primera impresión horrible.

—¿Y qué más da? Se habrá ido en un mes. Los turistas tampoco volverán. Al menos saldrá algo bueno de todo esto —murmuró algo más por lo bajo pero no alcancé a escucharla.

Acompañé a la tía Pearl por las escaleras hasta el jardín.

—Asesinar a los huéspedes es una medida extrema para detener el turismo, pero Sebastien Plant es famoso. Puede que incluso atraiga más visitantes.

—No seas ridícula. —Abrió los ojos como platos—. Nadie querrá volver aquí. Es peligroso.

—El asesinato de Plant generará toneladas de publicidad, tía Pearl. La glorieta podría incluso convertirse en sede de rituales. Sebastien Plant es, o era), una celebridad. Sus seguidores más entusiastas podrían hacer un peregrinaje hacia su lugar de descanso.

Plant era muy conocido, había producido series de televisión, revistas y videoclips. Ni siquiera yo me tragaba mis palabras, pero tal vez la tía Pearl lo hiciera. Estaba usando psicología inversa para intentar hacerla cambiar de opinión.

—¿El cuerpo aún está caliente y ya estás pensando en explotarlo para sacar beneficios? —resopló la tía Pearl—. Tienes el corazón de hielo, Cendrine.

—Westwick Corners no es Graceland, pero la publicidad de nuestro invitado especial puede ser más útil con él muerto que vivo. De una u otra forma, va a hacer que se hable de Westwick Corners. —Miré directamente a la tía Pearl—. ¿No se te ha olvidado la varita en la glorieta?

Frunció el ceño pero no dijo nada. Sus ojos se encontraron con los míos durante un instante antes de que se diera la vuelta y fingiera no haberme escuchado.

El sheriff Gates descendió las escaleras y se reunió con nosotras en el exterior.

—No quiero que habléis de lo que habéis visto ahí —ordenó señalando hacia la glorieta—. Especialmente de la nota y del arma del crimen.

¿El sheriff creía que el arma del crimen era la varita de la tía Pearl? No pintaba nada bien. Su hermoso rostro no delataba ninguna emoción. Supuse que sería parte de la inexpresividad que exige ser una figura de autoridad. No podía evitar preguntarme si ya se estaría arrepintiendo de haber venido a Westwick Corners. Como único sheriff iba a estar muy ocupado.

—Tal vez haya sido un accidente —dijo la tía Pearl—. Eso explicaría la nota. Nadie amenaza a alguien y lo mata acto seguido. No tiene sentido.

—Quizás la nota sea una advertencia para su mujer —añadió mamá—. Tonya Plant también forma parte de Travel Unraveled. El asesino quería que se fueran los dos.

El sheriff Gates asintió.

—El asesino podría ser alguien de pueblo que no quisiera aquí a los Plant. Hablando de ellos, ¿dónde está su mujer?

Me encogí de hombros.

—Ni idea. No sabíamos ni que habían llegado. Todavía no se han registrado.

La gran inauguración oficial iba a ser ese día, así que los primeros invitados tendrían que estar a punto de llegar.

—¿Quién podría hacer algo así?

Los ojos de mi madre se abrieron de par en par al ver por primera vez mi vestido manchado de sangre.

—La mayoría de los habitantes apoyan el turismo, pero no todos. Aun así, ninguno de ellos es capaz de asesinar.

Taladré con la mirada a la tía Pearl.

—La gente se comporta de manera extrema cuando se siente amenazada. —El sheriff Gates se levantó y señaló hacia el hostal—. Deberíais volver dentro. Pero no salgáis de la propiedad, quiero interrogaros una por una en cuanto deje la glorieta en manos de la policía científica.

—Sigo sin entenderlo —dijo la tía Pearl—. ¿Por qué amenazar a Plant cuando ya está muerto?

Un escalofrío me recorrió la espalda. La varita, la nota y todo lo demás apuntaban directamente a mi estrafalaria tía. Si para mí era obvio, también lo sería para el sheriff.

Tomé una nota mental para acordarme de preguntarle a mamá sobre el paradero de Pearl antes de la glorieta. Sabía que no era capaz de asesinar, pero sí que era capaz de crear problemas. No le había causado lo que se dice una buena primera impresión al sheriff, así que cuanto más supiéramos antes de que la interrogara, mejor. La investigación podía encauzarse fácilmente en una dirección incorrecta por culpa de sus comentarios mordaces. Necesitábamos una estrategia.

Seguí a mamá y a la tía Pearl. Mientras atravesábamos el jardín, eché una mirada hacia el estacionamiento. Seguía sin haber señales de los refuerzos policiales de Shady Creek a los que había llamado el sheriff. Probablemente, cuando llegaran y terminaran de procesar la escena del crimen sería hora de cenar. Como todavía era pronto, teníamos que pensar un plan para esconder la escena del crimen. También teníamos que mantener a los huéspedes lejos del jardín.

Me volví hacia mi madre.

—La idea de tener un asesino en nuestro entorno es realmente espeluznante. ¿Por qué querría alguien espantar a los visitantes de la ciudad?

La tía Pearl tosió.

—Tengo que irme.

Se alejó de nosotras y se dirigió enérgicamente hacia el hostal. Desapareció por la puerta del sótano. Mamá abrió los ojos como platos.

—Más vale que la siga.

Volví a mirar hacia la glorieta donde el sheriff Gates seguía de pie, con los brazos cruzados. Giró la cabeza y seguí su mirada a través del jardín. Frunció el ceño cuando vio a mi tía aumentar la velocidad.

El hecho de que hubiera dejado atrás su varita me tenía preocupada. A ella ni siquiera parecía importarle, aunque nunca iba a ningún sitio sin ella. Andaba más rápido de lo que había visto nunca andar a nadie, gracias al abuso de la magia, sin duda alguna. No se parecía en nada a la frágil ancianita que intentaba aparentar en el pueblo. Irradiaba problemas por todos lados.

Comprobé el reloj y me sorprendió ver que había pasado más de una hora desde que había llegado a la glorieta. Seguía sin haber señales de Brayden. No sé si se habría enterado del asesinato de Plant o si se habría olvidado totalmente del ensayo que teníamos a las tres. Fuera cual fuera la razón, mi futuro marido no se molestó en aparecer ni para ensayar la boda ni para apoyarme.

CAPÍTULO 4

—Espera, no te vayas aún —la profunda voz del sheriff Tyler Gates rompió el silencio.

Se me paró el corazón al levantar la mirada y encontrarme con sus dulces ojos marrones. Durante un instante se me aceleró el pulso y olvidé que estaba en una escena del crimen.

Me sonrojé al sentir su mirada sobre mí. ¿En qué estaba pensando?

Me di la vuelta y volví lentamente hasta la glorieta. Lo seguí al interior.

Señaló en dirección al cuerpo de Plant.

—¿Lo habías visto antes, verdad?

Mi asombro debió reflejarse en mi cara. Asentí lentamente, todavía no entendía por qué la varita de la tía Pearl estaba en la glorieta en primer lugar. Sabía que no la había olvidado, ya que nunca la perdía de vista. Recordé su marcha apresurada. Parecía que estuviera huyendo de algo.

Pero eso no era lo que más me preocupaba. La parte superior de la estrella de cinco puntas de filigrana estaba oscurecida con sangre seca. El sheriff iluminó la varita con su linterna, algo completamente innecesario, ya que a esas horas de la tarde el sol daba de pleno en la glorieta. Las manchas de sangre eran claramente visibles.

—Es de la tía Pearl —dije mirando hacia el hostal.

—¿Qué es? Parece un riel de cortina.

La verdad es que la estrella al extremo de la varita parecía uno de los remates elaborados que se vendían en Walmart, pero la varita de la tía Perla era mucho más peligrosa que un simple riel. Más aún de lo normal, ya que parecía haber sido usada para un crimen.

—Es su... bastón.

Las puntas de la estrella eran puntiagudas, pero no lo suficiente como para infligir los daños que había visto en el cuerpo. La tía Pearl no tenía tanta fuerza, al menos, no sin usar la magia. Además, le daba miedo la sangre.

—No sabía que usara bastón.

Abrí la boca, pero no fui capaz de pronunciar palabra. Tenía que haber una explicación lógica, aunque la tía Pearl desafiaba las leyes de la lógica. Necesitaba hablar con ella antes de que lo hiciera el sheriff. Sé que no parece muy ético, pero teníamos que esconder nuestra magia a cualquier precio, o pronto otro sheriff abandonaría la ciudad. Algo me decía que la tía Pearl estaba a punto de cruzar una línea que cambiaría las cosas para siempre.

Nuestra magia tenía que permanecer en secreto. Era esencial para nuestra convivencia en Westwick Corners. La tía Pearl lo sabía, por supuesto, pero tenía la tendencia de actuar primero y cubrir sus huellas después.

—Parece muy ágil. Claramente no necesita bastón —dijo. Vimos a la tía Pearl y a mamá entrar rápidamente por la puerta de la cocina del hostal y desaparecer en el interior—. Pearl se movía muy bien ella sola cuando íbamos hacia la carretera esta mañana. —Tyler Gates frunció el ceño—. He tenido que correr para alcanzarla. No parece que necesite ningún apoyo.

—Tiene brotes ocasionales de reumatismo.

—¿De verdad? —me analizó con sus ojos marrones—. Yo la veo muy ágil.

Asentí. Odiaba mentir, pero no tenía elección hasta que descubriera exactamente como la varita había ido a parar allí. Nunca la perdía de vista. ¿Había vuelto a la escena del crimen a recuperarla?

Implicaría que sabía que estaba allí. Aunque eso no la convirtiera en asesina, tampoco explicaba la presencia de sangre en su varita.

Recordé la escena. La cabeza y el rostro de Sebastien Plant estaban tan cubiertos de sangre que era complicado determinar la gravedad de la herida. Costaba imaginar que la varita de mi tía pudiera causar tanto daño. Me estremecí al recordar la cara ensangrentada.

—No creo que su var... quiero decir, su bastón fuera capaz de infligir una herida así, y menos de matar a alguien.

—Te sorprendería lo que la gente puede hacer en la tensión del momento. —Sin embargo, no parecía muy convencido.

—La tía Pearl es un poco irascible, pero no es una asesina. No puedes pensar que...

—No importa lo que yo piense. El médico forense determinará la causa de la muerte. No sirve de nada especular hasta que no tengamos sus resultados.

—Pero tiene que haber una explicación lógica para esto.

Hizo un ademán con la mano quitando importancia.

—Solo tengo una pregunta. ¿Qué hacía el bastón de Pearl sobre el cuerpo de Sebastien Plant?

Fruncí el ceño.

—La tía Pearl y yo caímos sobre su cuerpo.

Mi comentario implicaba que estaba sujetando la varita cuando caímos, pero no intenté corregirlo. Estaba casi convencida de que no tenía la varita cuando caímos sobre Plant. Me la habría estacado si la hubiera tenido. No quería influir en la investigación del asesinado, pero tampoco quería incriminar a mi tía.

—No puedes creer que la tía Pearl haya tenido algo que ver.

—Creo lo que los hechos me demuestran. Y de momento señalan a Pearl. Al menos hasta que responda a mis preguntas.

El rostro del sheriff Gates permaneció inexpresivo, no sabría decir si hablaba en serio o no. Recordé lo que había comentado mi tía antes sobre que el sheriff era un corrupto. No dio ningún motivo, ¿pero y si había algo de verdad en eso? Si quería resolver el caso rápidamente podía culpar a mi tía. No atraíamos a los mejores candidatos a policía, así que tal vez hubiera algún problema en él. Porque alguien que quisiera mudarse a Westwick Corners no podía ser trigo limpio. O escondían algo de su pasado o trataban de huir de alguien. Señalé la varita de la tía Pearl.

—El acabado no es lo suficientemente afilado como para abrir una herida, y menos aún para matar a alguien. Me parece bastante inofensiva.

La realidad era totalmente opuesta, estaba llena de magia. En las manos equivocadas era mortalmente peligrosa. Pero el sheriff no sabía que éramos brujas, y yo no iba a decírselo.

Al mirar de nuevo la varita, tuve una epifanía. La tía Pearl no podía haber matado a Sebastien Plant. Recordé que hace unos meses se cortó el dedo y se desmayó. A la dura de mi tía le daba un miedo terrible la sangre.

Había algo cierto. No sabía cómo ni por qué, pero alguien era el responsable de la sangre en la varita de la tía Pearl.

Y estaba dispuesta a remover cielo y tierra para encontrarlo.

CAPÍTULO 5

Me dirigí a la cocina, donde mamá miraba espantada a la tía Pearl mientras ella sacudía una ensalada (literalmente) para cenar. Al menos por una vez estaba usando la magia para algo constructivo, aunque me sorprendió el desastre que había armado en unos minutos.

Cogí un trozo de lechuga que volaba por los aires y lo dejé en el mostrador.

—Tenemos que hablar.

—Estoy ocupada, Cen. Tendrás que esperar —chasqueó los dedos y cortó en juliana una bandeja de zanahorias.

—¿No te falta algo?

—Mmmm... zanahoria, tomate, lechuga... creo que no.

—Me refiero a tu varita. ¿Por qué la has dejado en la glorieta?

Se la veía totalmente despreocupada, teniendo en cuenta que nunca se separaba de ella.

—Ahora no tengo tiempo para hablar. Tenemos que preparar la cena para nuestros invitados.

La tía Pearl se plantó en medio de la enorme cocina de restaurante. El acero inoxidable que relucía unos minutos antes estaba salpicado de gotas de agua y peladuras de verduras. La cocina era la única parte de la casa que había sido renovada profesionalmente. Habíamos invertido miles, y era el orgullo de mamá. Aunque en ese momento era un desastre monumental.

La impecable cocina de mamá se había convertido en un gigantesco plato de *gourmet*. Los platos se acumulaban en la repisa y el fregadero estaba lleno de ollas sucias. El olor a quemado impregnaba el aire. Ese era uno de los problemas de la magia. En unos pocos minutos se creaba el caos. O la magia de la tía Pearl había enloquecido o había encontrado un modo desahogarse.

—Hace tan solo unos minutos querías que se fueran todos los invitados —le dije.

—Bueno, ahora están aquí. Tenemos que alimentarlos.

La tía Pearl se secó la frente con el antebrazo sucio de harina. Mamá dio un paso al frente y la miro con exasperación.

—Ya lo tenía todo preparado, Pearl. Lo único que estás haciendo es armar un desastre.

—Me ha parecido que no había suficiente comida, así que he hecho más.

La tía hizo pucheros propios de una niña a la que acaban de regañar.

—Encárgate tú de la comida y yo me ocupo de la tía Pearl —le indiqué a mi madre.

—Nadie se va a «ocupar» de mí, Cendrine. Y menos tú.

—Escúchame bien, tía Pearl. Sebastien Plant acaba de ser asesinado y tu varita estaba sobre su pecho. ¿Cómo ha ido a parar ahí?

Pearl se quedó boquiabierta.

—Así que ahí es donde estaba.

—No te hagas la tonta conmigo. La has visto en la glorieta al igual que yo. ¿Por qué la has dejado allí?

—¡No he sido yo! Me la han robado. —Levantó los brazos en el aire—. Y no podría coger nada de una escena del crimen y dejar huellas por todas partes. ¡Podrían culparme!

—Es tu varita, ya tiene tus huellas.

—No pienso quedarme aquí mientras me acusas.

La tía Pearl se arrancó el delantal y lo lanzó por los aires. Aterrizó justo encima de la parrilla y empezó a humear cuando ella salió por la puerta dando un portazo. Cogí el delantal y lo tiré al suelo. Lo pisoteé para apagarlo antes de salir corriendo detrás de ella.

—¡Espera, tía Pearl! Nadie te acusa de nada. Es solo que necesitamos saber lo que ha pasado realmente para no exponernos.

Tenía la esperanza de que esta vez no se inventara otra de sus disparatadas historias. Solo quería la verdad. ¿Por qué no me contestaba?

—Cen, seré muchas cosas, pero no soy ninguna exhibicionista.

La mire con escepticismo.

—Ya sabes a qué me refiero. No pueden descubrir que somos brujas, y menos en el marco de una investigación de asesinato.

—Pero no entiendo qué tiene que ver mi varita en todo esto. No soy una asesina —sollozó y parpadeó para retener unas lágrimas imaginarias.

—Lo sabemos, Pearl —dijo mamá—. Pero la investigación podría desviarse si no encauzamos al sheriff. Cuanto más tiempo pase mirándote, menos tiempo tendrá para encontrar al verdadero culpable. Y mientras tanto, un asesino anda suelto. Cuando antes lo atrapen, mejor para todos.

Esa conclusión pareció apaciguar a la tía Pearl.

—La verdad es que el sheriff me la tiene jurada. No quiero que me culpen.

En ese momento caí en la cuenta de lo afortunadas que éramos por vivir en un pueblo tan pequeño. El sheriff estaba solo, no podía separarnos para interrogarnos. Teníamos una oportunidad de oro para ponernos de acuerdo en nuestras historias antes de que llegaran los refuerzos desde Shady Creek. Sonaba a algo que harían los delincuentes, pero era esencial que nuestra magia permaneciera en secreto.

—Entonces ayúdanos —suplicó mamá—. Dinos todo lo que sabes, lo que vayas a contarle al sheriff Gates.

—No hay mucho que contar aparte de lo que hemos encontrado en la glorieta. —Su mirada se cruzó con la mía y asintió en dirección a mi madre—. Ruby y yo hemos ido juntas andando hasta allí unos minutos antes de que tú llegaras, Cen. Ya se lo he dicho al sheriff.

No la había visto hablando con el sheriff, pero probablemente era porque había estado demasiado nerviosa como para fijarme.

—¿Te ha preguntado algo más?

Hizo un ademán con la cabeza.

—Ha dicho que tal vez tendría más preguntas que hacerme después. Cosas de sheriffs. Ni siquiera me ha pedido una prueba de ADN.

—Gracias a Dios —dijo mamá—. Seguro que tiene alguna pista. ¿Quién querría acabar con la mejor oportunidad que el turismo de nuestro pueblo ha visto nunca?

Estaba bastante convencida de que el sheriff todavía no tenía ningún sospechoso. Ni siquiera brujas de pelo plateado. La tía Pearl carraspeó.

—No me imagino a nadie capaz de hacerlo.

Repasé mentalmente la lista de ciudadanos problemáticos. No había muchos delitos en nuestro pueblo, y menos con violencia de por medio. Todas las pruebas señalaban a la persona que tenía justo al lado. La tía Pearl era la más polémica de todos. Era capaz de muchas cosas, pero matar no era una de ellas. Mi tía pareció adivinar mis pensamientos.

—Claramente no. Aunque he de admitir que no se me ocurre una mejor manera de alejar a los turistas que acabando con sus vidas.

—¡Pearl! —la regañó mamá—. No digas esas cosas. No vaya a ser que alguien te escuche y malinterprete tus palabras.

—¿Por qué iban a pensar que yo querría matarlo? Ni siquiera lo conozco.

—La gente suele sacar conclusiones precipitadas —dijo mamá encogiéndose de hombros—. Mientras tengas una coartada no tienes nada de qué preocuparte. ¿Alguien puede corroborar tu paradero, no?

Me volví hacia mamá.

—¿No estabais juntas?

—Creo que será mejor que Pearl hable por sí misma —contestó con la voz rota.

Eso significaba problemas. Mamá nunca la dejaba hablar si podía evitarlo.

—Tengo que irme.

La tía Pearl dio media vuelta y salió por la puerta trasera antes de que a mamá y a mí nos diera tiempo de decir nada. Mamá suspiró.

—Esta no es ella, Cen. Me da miedo pensar lo que pueda hacer. Cuando se le mete algo entre ceja y ceja no hay quien la pare.

A mí también me asustaba la cruzada de la tía Pearl contra el turismo. O bien había llegado demasiado lejos, o bien alguien la estaba inculpando. ¿Pero quién haría algo así?

CAPÍTULO 6

La tía Pearl volvió tan pronto como se había ido, pero no dio ninguna explicación de su repentina marcha. Me observó en silencio mientras limpiaba los restos de lechuga y mamá repartía la ensalada en cuencos de vidrio para sacar a la mesa. Gracias a la tía Pearl, teníamos hojas suficientes para alimentar una granja de conejos durante un año.

—Voy arriba a limpiar —dijo la tía Pearl girándose sobre sus talones y dirigiéndose a la puerta.

—¿Ahora? —mamá la miró fijamente e intercambiamos una mirada preocupada.

La tía Pearl la ignoró y dio un portazo al salir.

Mi intuición me dijo que no era buena idea que la tía Pearl subiera sola, así que la seguí desde una distancia prudente para que no se diera cuenta de mi presencia. Subió por la escalera de roble que llevaba a la segunda y la tercera planta de habitación.

Esperé a que llegara al segundo piso antes de empezar a subir. Un peldaño crujió y temí que me descubriera, pero pareció no haberlo oído. Llegué a la segunda planta y la seguí manteniendo las distancias por el pasillo. Se paró ante la habitación Tonya Plant al final del pasillo y se sacó un llavero gigante del bolsillo.

Había dejado el carrito fuera de la habitación, por lo que dudaba que la limpieza entrara en sus planes. Tenía que detenerla antes de que se metiera en más problemas.

—Tía Pearl, ¿qué haces? —intenté susurrar aunque más bien pareció que carraspeaba.

—Limpiar la habitación de Tonya, evidentemente. —Se volvió hacia mí—. Por cierto, eres una detective malísima. Sabía que me seguías desde el principio.

Decidí ignorar el insulto.

—¿Por qué ibas a limpiar la habitación de los Plant? Acaban de llegar.

Y el pobre Sebastien Plant ya nos había abandonado.

La tía Pearl inclinó la cabeza.

—No, se han registrado esta mañana.

Esa confesión me cogió por sorpresa.

—¿Por qué no se lo has dicho al sheriff? No has corregido a mamá cuando ha dicho que aún no habían llegado.

Se encogió de hombros.

—No es para tanto. ¿Desde cuándo te preocupas por los sentimientos de los demás?

Estaba mintiendo y yo lo sabía.

—Estás encubriéndote.

—Vale, quizás un poco. Olvidé rellenar los papeles de la llegada y no quería que Ruby se enfadara conmigo. Los Plant han llegado a la una del mediodía. Sebastien estaba tan borracho que apenas podía sostenerse en pie, así que les he dado la habitación enseguida. Los he registrado yo misma.

El llavero de la tía Pearl sonó mientras abría la puerta de Tonya Plant. Sacó un par de guantes de látex del carrito y se crujió las muñecas para ponérselos.

—Tendrías que haber dicho algo. Seguro que si el sheriff lo hubiera sabido habría inspeccionado la habitación. Podría ser la escena del crimen. Espera aquí y voy a buscarlo.

—Tranquila, Cendrine. El sheriff Gates aún no ha dicho nada de escena el crimen y no lo hará a menos que le ayudemos a encontrar pruebas. Él solo no lo descubrirá, lo que significa que no comprobará la habitación a tiempo. Depende de nosotras. —Me lanzó un par de guantes—. Póntelos. No tenemos todo el día.

—No, espera. —Me daba un miedo terrible pensar en la tía Perla y en una escena del crimen en la misma frase. Había tantas cosas que podían ir mal—. Esto es un error. Tienes que dejar de tomarte la justicia por tu mano.

—Deja de lloriquear y ponte a trabajar. Vacía la papelera.

La tía Pearl me agarró por el brazo y me empujó dentro de la habitación. Protesté por el dolor pero acabe haciendo lo que me había dicho. No tenía elección. Se oían las voces de los huéspedes acercándose. No podían oírnos discutir.

—Esto no es buena idea.

Me puse los guantes y miré por toda la habitación. Parecía que no hubieran tocado nada aparte de la cama deshecha, en la que no parecían haber dormido mucho. El equipaje de la pareja estaba sin abrir en el armario. Había un vaso con refresco de limón, llaves de coche y una cartera en la mesita de noche, y una bolsa vacía de Walmart en el escritorio. Quitando de eso, la habitación estaba totalmente ordenada.

No había nada en la habitación que indicara que uno de sus ocupantes había fallecido. Lo único que me mosqueaba era que la papelera estuviera llena, ya que acababan de llegar. La vacié en una enorme bolsa de basura negra. Además de pañuelos, la papelera contenía media botella de refresco de limón y una garrafa. Até la bolsa y decidí guardarla aparte del resto de basura por si el sheriff quería echarle una ojeada más tarde.

La tía Pearl me llamó haciendo señas.

—Mira lo que he encontrado —señaló el escritorio con expresión consternada.

Rodeé la cama para ver qué era lo que estaba mirando y casi le había producido un ataque.

Mi sensación de culpabilidad por haber entrado a la habitación de Tonya Plant se desvaneció en cuanto vi los planes de desarrollo y estudio de factibilidad que tenía sobre el escritorio. Reconocí el logotipo de Centralex Development. Centralex era el mayo desarrollador de propiedades comerciales del Pacífico Noroeste. Al lado de los planos había representaciones arquitectónicas de un enorme resort, hotel y centro de conferencias. En un grabado xilográfico se podía leer *Westwick Resort*, lo que no dejaba lugar a dudas sobre dónde pensaban construir el proyecto.

Las fotografías aéreas y los diagramas eran claramente de nuestra propiedad. La representación arquitectónica mostraba un edificio de veinte plantas con piscinas, campo de golf y jardines. El hostal Westwick Corners no se veía por ningún lado.

—¿Me crees ahora?

Asentí, aturdida por la sorpresa. Alguien había invertido tiempo y dinero desarrollando unos planos que parecían querer borrar del mapa nuestro histórico hostal. Estaban tan seguros del proyecto que habían contratado arquitectos que debían haber costado miles de dólares, y todavía no habían hablado con nosotras, las propietarias del terreno. Parecía un gran riesgo. Además, no parecía muy inteligente hospedarse aquí mientras planeaban estafarnos.

En ese momento me arrepentí de haberlos invitado. El fallecido Sebastien Plant ahora me parecía más un enemigo que un amigo. Me preguntaba cuándo tenía planeado pasar a la acción. Su asesinato tomaba una nueva dimensión una vez descubierta la verdadera razón por la que había venido a Westwick Corners. Me estremecí al pensar que estábamos conectados, aunque fuera tenuemente, en sus últimos momentos en la tierra.

—El progreso es un arma de doble filo —dijo la tía Pearl—. A veces es mejor ser invisible e ignorado.

Era la primera vez en todo el día que estábamos de acuerdo en algo.

—Vamos a buscar al sheriff.

Unas semanas antes ni tan solo éramos capaces de encontrar huéspedes que quisieran pagar por quedarse aquí. Ahora, nuestros invitados estaban a punto de robarnos el negocio. ¿Tenían tanto empeño en nuestra propiedad como para matar?

CAPÍTULO 7

El sheriff Gates dejó la habitación de Tonya en manos de los expertos para que buscaran indicios, lo que no le sentó muy bien a la señora Plant. Estaba enfadada por no poder volver a su habitación. El hostal estaba lleno, así que no pudimos ofrecerle otra habitación durante las pocas horas que tardaron los investigadores en registrar la suya. Su única opción era esperar en el comedor.

Le entregué la bolsa de basura de la habitación de Tonya al sheriff, y este la entregó a los expertos para que la procesaran.

Deseé haber ignorado las órdenes de la tía Pearl y haber llamado al sheriff inmediatamente. Con guantes o sin ellos, todo lo que habíamos tocado en la habitación de los Plant se había convertido en una prueba potencial.

Al menos los planes de Centralex habían dejado de ser un secreto. Tonya ya no podía fingir disfrutar su estancia con nosotras mientras tramaba arrasar con el hostal. Su mentira no parecía perturbarla. Aparentemente, nada lo hacía.

Se sentó en el comedor con una porción exageradamente grande de pastel de chocolate y una copa de vino tinto. No se la veía muy afectada, teniendo en cuenta el reciente fallecimiento de su marido.

El sheriff le prometió que le devolvería la habitación poco después de cenar, aunque a mí la espera se me hizo larga. Al menos no tendría que verle la cara y fingir amabilidad. Por lo que a mí respectaba, cuanto antes se fuera, mejor.

El sheriff convirtió temporalmente una pequeña estancia ante la recepción en una sala de interrogatorios privada. Habíamos diseñado la recepción como un área en la que los huéspedes pudieran relajarse, pero, en ese momento, mientras esperaba mi turno para ser interrogada, era de todo menos tranquilizadora.

Estaba impaciente por preguntarle al sheriff qué tenían planeado hacer con la habitación de Tonya y si la relacionaban con el asesinato o no. Puede que Tonya hubiera mencionado su verdadera razón para venir a Westwick Corners, pero lo dudaba. No parecía de las que daban información de forma voluntaria.

Sentada al lado de la ventana, tenía una vista privilegiada de los huéspedes que entraban y salían. La mayoría de ellos disfrutaban de un rato de relax antes de cenar, algunos incluso se habían acercado a Embrujo, el bar que teníamos en un edificio separado, para tomarse unas copas antes de cenar. Por suerte, el bar estaba al lado opuesto del hostal, así que la glorieta y los jardines quedaban ocultos. Esperaba que la policía limitara la investigación a la zona del jardín.

Tener la silla junto a la ventana también me permitía salir corriendo cuando veía que alguien se dirigía hacia los jardines y la glorieta para pararlo. No podían descubrir bajo ninguna circunstancia que se había producido un asesinato a pocos pasos de sus dormitorios.

Solo habían pasado unas horas desde el mórbido descubrimiento en la glorieta, pero parecía una eternidad. El sheriff había prohibido el paso a la escena del crimen, o escenas, ya que ahora se incluía la habitación de Tonya, hasta que llegaran los investigadores de Shady Creek. Había dado parte de que iba a centrarse en los interrogatorios de los testigos. Eso me incluía a mí, evidentemente, a mamá y la tía Pearl.

El sheriff Gates había interrogado primero a mamá, para que pudiera estar libre a la hora de servir la cena a los huéspedes. A continuación, era el turno de la tía Pearl. Ambas sentimos sorpresa y alivio a partes iguales cuando el interrogatorio de Pearl duró solo cinco minutos.

Al momento el sheriff salió para hacer una llamada, supuse que a los investigadores que se encontraban en la escena. No pude hablar ni con mamá ni con la tía Pearl tras sus interrogatorios. Solo deseaba que la tía Pearl no hubiera dicho nada indignante ni incriminatorio.

Sonreí cuando avanzó y se sentó justo delante de mí.

—Espero poder aclarar esto lo antes posible.

—Haremos todo lo que esté en nuestras manos.

—¿Podemos quedarnos aquí fuera? Quiero tener a los huéspedes vigilados.

Asintió.

Eché un vistazo por la ventana y me alarmé al ver la furgoneta blanca de los investigadores de Shady Creek aparcada justo delante de la entrada al hostal. El emblema de la policía de Shady Creek era plenamente visible, al igual que las letras en las que se podía leer *Medicina Forense*. La furgoneta del forense, también blanca, estaba aparcada justo detrás.

¿Qué les diría a los huéspedes si empezaban a hacer preguntas? Lo último que necesitábamos era un escándalo. Por lo menos no había medios de comunicación, básicamente porque el único del pueblo era mi periódico. La muerte de Plant era un suceso importante, así que acabaría atrayendo a los periodistas de Shady Creek, pero esperaba que, debido a que era casi de noche y que iba a empezar el fin de semana, no seríamos noticia al menos hasta el día siguiente, cuando ya tuviéramos más respuestas.

Tyler siguió la dirección de mi mirada.

—Han tenido que acercarse para tener el equipo a mano. Si alguien pregunta, di que han parado para ir a tomar algo en Embrujo.

—Buena idea.

Tendría que hacerlo, ya que acababa de entrar al aparcamiento un sedán de un negro brillante. Una pareja salió del vehículo y descargó el equipaje del maletero. Pasaron por delante de las furgonetas del forense y del juez de instrucción ignorándolas completamente. Era una buena señal.

—Ahora quiero que me expliques con pelos y señales todo lo que ha ocurrido desde que habéis encontrado el cuerpo.

Era fácil perderse en la cálida mirada de ojos marrones de Tyler Gates. Demasiado fácil. Tuve que esforzarme por concentrarme en la tarea que tenía entre manos.

Relaté los acontecimientos, omitiendo la discusión que había mantenido con la tía Pearl.

—Íbamos a ocupar nuestros puestos cuando encontramos el cuerpo.

Parecía que me preguntara lo mismo una y otra vez. Al final caí en la cuenta que sería una táctica para interrogar.

Me estremecí al pensar lo involucrada que estaba. Me encontraba ante el suceso más importante jamás ocurrido en Westwick Corners y, en lugar de escribir la exclusiva, estaba siendo interrogada por el crimen. No sabía si se me consideraba testigo, sospechosa, o ambos. Lo único que sabía con certeza era que mi implicación me impedía descubrir todo lo que había pasado.

—¿Alguna idea de por qué los Plant eligieron Westwick Corners como lugar de vacaciones? No es que sea precisamente la Riviera Francesa.

En una situación normal, el comentario de Tyler Gates me habría ofendido, pero lo dijo de manera pareciera que no tuviéramos la culpa de ser un pueblecito.

—Los invitamos hará unos seis meses —dije—. No nos contestaron, así que supusimos que no les interesaría. Ni en un millón de años se me habría ocurrido que fueran a aceptar la invitación. Pero al final lo hicieron. Sin que nadie se lo esperara, hace tan solo dos semanas, sin dar excusas de por qué habían tardado tanto.

—Ya veo. —Esbozó una media sonrisa mientras seguía garabateando notas—. Dime qué sabes sobre Sebastien Plant.

—No más que el resto del mundo. Fundó Travel Unraveled, así que se hizo multimillonario. Teníamos la esperanza de que viera el potencial del hostal Westwick Corners y hablara de nosotras en su programa de televisión.

Le conté lo de los planos arquitectónicos que había en su habitación.

—No estábamos fisgoneando, pero no pudimos evitar ver los

planos porque estaban a simple vista encime del escritorio. Solo queríamos algo de publicidad, no que nos arrebataran el terreno.

—¿Estás segura de que nadie de tu familia ha hablado con ellos? Puede que alguien les hiciera una oferta.

Negué con la cabeza.

—De ninguna manera. Llevamos meses con la reforma. No hemos invertido dinero y sudor en esto para ahora derribarlo y construir una monstruosidad en su lugar.

Me puse en pie de un salto cuando vi a dos hombres con traje de protección sacando una camilla de una de las furgonetas.

—Supongo que no van a llevar el cuerpo por todo el jardín y el aparcamiento a la vista de todos los huéspedes.

—Me temo que no hay más remedio. —Me indicó que me volviera a sentar—. Prosigue con la historia.

—No hay mucho más que contar. Ahora está claro por qué los Plant aceptaron nuestra invitación. Tenían los ojos puestos en nuestra propiedad.

—¿Han hecho alguna oferta?

—No, todavía no. Supongo que el asesinato de Sebastien habrá trastocado sus planes. De cualquier manera, no vamos a vender.

—Mmmmm.

—¿Crees que sus intenciones puedan tener algo que ver con el asesinato?

—Podría ser.

—Qué desastre. —Me pasé los dedos por el peló nerviosamente—. Tendremos mucha publicidad, pero de la mala. Nadie querrá pasar las vacaciones en un sitio donde han matado a alguien.

—La gente lo acabará olvidando.

—No aquí.

Entre el incendio de la tía Pearl y el asesinato de Sebastien Plant, el índice de criminalidad de Westwick Corners se había disparado en un solo día. Nuestro pueblo había caído en la ilegalidad y me daba miedo pensar qué podía pasar a continuación.

Le conté al sheriff todo lo que sabía, incluyendo todos mis paraderos desde esa mañana hasta mi llegada a la glorieta por la tarde.

—No hay nada más que contar, aparte de que, literalmente, tropezamos con el cuerpo de Sebastien Plant.

Un escalofrío me recorrió la espalda al recordar la sensación de aterrizar en su blando cuerpo, extrañamente agarrotado.

Se mantuvo en silencio unos minutos más mientras escribía en su libreta.

Cuanto más tiempo pasara el sheriff Gates investigando en el hostal, más probabilidades tenía de descubrir el secreto familiar. Pero de momento, ignoraba el hecho de que fuéramos brujas, y tenía la intención de que siguiera así. No tenía elección, tenía que involucrarme en la investigación para esclarecer lo ocurrido lo más pronto posible.

—Sebastien Plant y su esposa Tonya tenían que haber llegado a estas horas. Pero seguro que la tía Pearl ya te ha dicho que han llegado sobre la una y que los ha registrado ella misma.

Tyler Gates entornó los ojos.

—No lo ha mencionado. ¿Algo más?

Me aparté un mechón de pelo de la cara.

—¿Cuánto tiempo lleva muerto?

Se encogió de hombros.

—El forense lo determinará, pero supongo que desde unas horas antes de que lo encontrarais. Probablemente habrá sido esta mañana, antes de mediodía.

—Seguro que alguien lo vería por aquí. —Me arrepentí de esas palabras en cuanto salieron de mi boca. El paradero de mi tía antes de que viniera a la oficina por la mañana era desconocido, y parecía ser la única que sabía que los Plant habían llegado—. ¿Alguna otra pista?

—No podemos desvelar información ahora mismo. —Sus cálidos ojos marrones se enfriaron repentinamente—. Sé que quieres una historia, pero todavía no puedo dar detalles.

—¿Ninguno?

El asesinato de Sebastien Plant era el segundo asesinato en la historia de Westwick Corners, el primero desde que yo había nacido. Era la gran noticia que había estado esperando, el mayor suceso de la historia reciente. Además, era mucho más que una historia local, ya que la víctima era un conocido magnate de los negocios y una celebridad. Quería conseguir la exclusiva y adelantarme a *El murmuro de Shady Creek*.

—Todavía no, lo siento.

—Vale. Si te puedo ayudar de alguna manera, dímelo.

No tenía intención de mantenerme al margen. Mientras él llevara a cabo su investigación oficial, yo haría una extraoficial. Me removía que hubiera tenido lugar un asesinato en nuestra propiedad y quería resolverlo rápidamente.

Se guardó la libreta en el bolsillo y se puso en pie.

—Volveré si tengo alguna pregunta.

—Me gustaría entrevistarte para el periódico.

—Ya sabes dónde encontrarme.

Sonrió y, para mi propia sorpresa, le devolví la sonrisa.

CAPÍTULO 8

Después de ayudar a mamá a recoger el desastre que había provocado la tía Pearl en la cocina, volví al comedor que había empezado a llenarse de huéspedes. El sheriff Gates seguía allí, con su libreta y un montón de papeles esparcidos por toda la mesa junto a una taza de café.

Me preocupaba que los huéspedes pudieran preguntarse por qué estaba el sheriff allí. La ventana que tenía detrás ofrecía una vista panorámica del aparcamiento, donde seguían los coches de la policía de Shady Creek. Tenía la esperanza de que procesaran la escena del crimen de manera rápida y discreta, pero parecía que no iba a ser el caso.

Nuestras miradas se encontraron y me saludó con la mano.

Sentí una punzada de culpabilidad. Lo que yo consideraba un desastre y un inconveniente, para el pobre Sebastien Plant era el final de su vida. No había llegado a conocerlo en persona. De repente me pregunté dónde estaría Tonya Plant. La mesa en la que estaba sentada antes estaba vacía, y no creía que la policía hubiera acabado tan pronto con su habitación. El sheriff Gates debía de haberla interrogado ya. Me pregunté si conocería su paradero.

Eché un vistazo hacia afuera cuando me indicó que me sentara.

Seguía sin haber señales del coche de Brayden en el aparcamiento. Mi preocupación aumentó, ya que ni siquiera había llamado. ¿Y si le había pasado algo? En cuanto acabara con el sheriff, lo buscaría.

Volví mi atención a Tyler Gates. Aunque hacía lo que podía para permanecer inexpresivo, noté una pizca de preocupación.

—Cuéntamelo todo otra vez. ¿Por qué estabais en la glorieta exactamente?

—Por un ensayo de la boda.

Mis ojos se quedaron petrificados ante su mirada de color chocolate. Intenté mirar hacia otro lado, pero me vi atrapada por los ojos más cálidos que había visto nunca. No podía evitarlo. Me sentía fascinada, aunque estuviera siendo interrogada.

Me sentí culpable por mirar de esa manera a un hombre que no era mi marido. Noté un nudo en la garganta.

—Ajá. —El sheriff garabateó algo en la libreta—. Así que Pearl, Ruby, Brayden y tú estabais en la glorieta. ¿Alguien más?

—No. —Me sonrojé—. Brayden no estaba.

Tyler Gates abrió la boca a modo de sorpresa.

—¿El novio se ha perdido el ensayo de su propia boda?

—Se le ha hecho tarde.

—Ya veo. —Volvió a garabatear en la libreta—. ¿A qué hora ha llegado a la glorieta?

—No ha llegado.

Por primera vez caí en que, como Brayden era el alcalde, era en realidad el superior directo de Tyler Gates. Evidentemente, el sheriff sabía que Brayden no estaba allí. No había estado en la glorieta, y su coche no estaba en el aparcamiento.

Tyler Gates alzó las cejas.

—Así que no ha aparecido en el ensayo de la boda.

En cierto modo, sentí que me ponía a la defensiva. Alguien que no era yo estaba cuestionando las prioridades de Brayden. Aunque eso no impidió que me sintiera fatal. A los ojos de Brayden, una reunión en el ayuntamiento era más importante que yo.

—Interesante —murmuró mientras seguía escribiendo en la libreta.

Yo no habría utilizado esa palabra, pero las que tenía en mente no eran tan amables.

—Sé lo que parece, sheriff Gates. Pero la reunión se alargó y... —se me hizo un nudo en la garganta al darme cuenta de la enormidad de la situación—. Es el alcalde. Quedaría muy mal que se saliera antes de la reunión.

Levanto la mirada de la libreta y me escrutó, pero no dijo nada. Como táctica de interrogación era muy efectiva, al menos en mí.

—¿Qué reunión tenía?

—La reunión de delitos semanal, creo.

El sheriff Gates anotó más cosas mientras las comisuras de la boca se le levantaban ligeramente.

—¿Te refieres a la reunión de delitos semanal de los guardias? La de hoy se ha cancelado.

—Ah. —Por supuesto, Tyler Gates sabría de una reunión a la que tenían que asistir tanto el alcalde como el sheriff. Brayden me había mentido. Mi cara se volvió roja de furia y vergüenza—. Pero si la reunión se ha cancelado, ¿por qué no ha aparecido Brayden?

La sombra de una sonrisa se dejó ver en los labios de Tyler Gates. Ni el sheriff me tomaba en serio. Tenía que admitir que sonaba estúpido. Mi ira hacia Brayden aumentaba por momentos.

Su expresión se suavizó.

—Seguro que le ha surgido algún imprevisto.

No quería justificar a Brayden, pero sentía que mis palabras necesitaban una explicación. No quería que el sheriff pensara que Brayden me había dejado plantada.

—En realidad no era el ensayo general. Mi madre, Ruby, es muy perfeccionista. Hoy era el ensayo del ensayo. Aunque no justifica la ausencia de Brayden, marca una gran diferencia.

—Entiendo.

No creía que lo hiciera.

—Mi madre se preocupa mucho por todo. Un ensayo más asegura que todo se desarrolle sin imprevistos.

—Definitivamente, no ha sido el caso. ¿Cuándo es la boda?

—En dos semanas. —Miré el reloj—. Tyler, la gran inauguración del hostal es en una hora, cuando se sirve la cena. Sé que es el escenario de un crimen, pero, ¿sabes cuándo será procesada?

Tyler se mordió el labio inferior mientras consideraba la situación.

—Tú encárgate de mantener a los huéspedes alejados del jardín las próximas dos horas. Seguro que el equipo forense acabará pronto. Ya les he pedido que sean discretos. —Se levantó—. Una cosa más. Tendré más preguntas para ti y tu familia cuando termine de hablar con los investigadores de Shady Creek. Tendré que hablar contigo, con Pearl y con Ruby, ya que vosotras descubristeis el cadáver. Te llamaré después.

Eso me daba tiempo para hablar muy seriamente con la tía Pearl. Que el sheriff no la tuviera bajo vigilancia significaba que en realidad no la consideraba una sospechosa. Aunque, tratándose de Pearl, seguro que estaba relacionada con alguna prueba incriminatoria.

CAPÍTULO 9

Después de cenar llevamos a los huéspedes a Embrujo a tomar unas copas. Con suerte se mantendrían ocupados hasta que reinara la oscuridad y la policía terminara su labor en la glorieta. Cuanto antes terminaran de recoger pruebas, mejor. Me preocupaba que los huéspedes quisieran pasear y ver toda la propiedad, ya que en el pueblo no había mucho que hacer por las noches. Sería una catástrofe que se toparan con la escena del crimen.

Cuando terminamos de limpiar las mesas y lavar los platos eran las siete de la tarde. Salí fuera y sentí un gran alivio al ver vacías las plazas donde estaban aparcados los coches del equipo forense y de los policías de Shady Creek. El deportivo del sheriff Gates tampoco estaba, en su lugar se encontraba el BMV sedán negro brillante de Brayden.

Me sentí aliviada y enfadada a la vez. Brayden ya debía haberse enterado del asesinato y ni siquiera me había llamado para preguntarme si estaba bien. Hasta su trabajo a tiempo parcial como camarero valía más que mi seguridad y mi bienestar.

Se me paró el corazón al ver que la glorieta seguía precintada con la cinta policial. Anoté mentalmente que tenía que llamar al sheriff para preguntarle si podía quitar la cinta antes de que amaneciera.

Sentía que en un solo día mi vida había cambiado drásticamente.

Inauguramos el hostal tras meses de duro trabajo para toparnos con el trágico asesinato de un huésped y una posible ruina financiera. El novio había faltado al ensayo de la boda, y, tener que explicarle al sheriff Gates la ausencia de Brayden me había hecho replantearme la boda y nuestra relación. Una boda no podía ser la segunda opción detrás de nada, y así es como me sentía ante los ojos de Brayden. Nunca sería lo primero.

Y luego estaba Tyler Gates. Mi atracción hacia él me había pillado por sorpresa. No era solo su aspecto, notaba que teníamos mucha química, una conexión que nunca había sentido con Brayden. Pero era una estupidez. Ni siquiera lo conocía.

Acabé deseando que se hubiera quedado un poco más, y no solo para mantener la ley y el orden. Pero, ¿y si lo hubiera hecho?

La tía Pearl tenía razón en algo. Si no ponía todo mi empeño en cambiar las cosas, todo seguiría como siempre. Ella se refería a que utilizara la magia, pero se podía aplicar a todos los ámbitos de mi vida, incluyendo mi vida amorosa. Era responsable de mi propia felicidad, y cambiar mi vida solo dependía de mí. Me encaminé hacia Embrujo, perdida en mis pensamientos.

El bar llevaba abierto varios años, pero no otorgaba grandes beneficios. Por supuesto, quería asegurarme de que los huéspedes lo estaban pasando bien, pero también quería echarle la reprimenda a Brayden. ¿Era yo un simple pasatiempo para él? Cuanto más lo pensaba, más me enfadaba.

El bar estaba en un edificio separado del resto de hostal. Crucé la calle y saboreé el fresco aire nocturno. Una suave brisa soplaba desde las montañas y el río gorgoteaba a poca distancia. La Madre Naturaleza ignoraba los trágicos eventos que habían tenido lugar unas horas antes.

Los exteriores me aportaron una nueva y fresca perspectiva de las payasadas de la tía Pearl. No le gustaba que hubiera intrusos en la ciudad, pero al final acabaría aceptándolo. Solo teníamos que encontrar una manera para que se involucrara sin poner en peligro a los visitantes. Podíamos usar nuestras habilidades especiales en secreto para ayudar al sheriff a resolver el asesinato de Sebastien

Plant. Si mantenía vigilada a la tía Pearl no podría empeorar las cosas.

Se había mostrado intrigada por la nota; tal vez podría ayudarme a descifrarla. Me acordaba de lo que decía la nota porque parecía que la hubiera escrito alguien del pueblo, o al menos, alguien que quería aparentar ser del pueblo. Sentí un nudo en la garganta al recordar los versos. Los vi claramente en mi mente, recordando como describían a la perfección los sentimientos de la tía Pearl.

Aunque a muchos lugares has ido,
   tendrías que haberte escondido,
   negociabas con Travel Unravelled,
   pero aquí para ti no hay hospedaje.

Con nosotros no puedes quedarte,
   ni beber cerveza, ni comer nuestros manjares.

De Westwick Corners márchate,
   mientras puedas, a casa vuélvete.

Mantente lejos de nuestra ciudad,
   o quedarás atrapado
   y jamás por la Tierra volverás a andar.

Parecía que la advertencia se dirigía a Sebastien Plant, pero como había dicho antes la tía Pearl, no tenía sentido amenazar a alguien que ya estaba muerto, presuponiendo que el asesinato hubiera sido premeditado. ¿Habían dejado la nota para asustar a Tonya Plant? Si era así, señalaba a alguien opuesto al desarrollo de Westwick Corners.

Pero las únicas que conocíamos los planes secretos de los Plant éramos la tía Pearl y yo. Yo había descubierto los planos después del asesinato, y supuestamente, la tía Pearl también.

Tal vez, en vez de dar una pista, el mensaje fuera para desviar la investigación.

Al volver a visualizar la nota mentalmente, me di cuenta de algo que antes me había pasado por alto. *Unraveled* estaba escrito con los "L", o bien era una falta de ortografía, o bien estaba escrito a la manera británica. Prueba suficiente de que la nota la había escrito alguien de fuera, alguien que no era estadounidense y que pretendía inculpar a algún local, como la tía Pearl. Esa misma persona había llenado de sangre su varita. Aunque no tenía pruebas, y sin ellas, mi teoría parecía una historia inverosímil inventada con la intención de librar a mi tía. Pero, ¿cómo podía llegar al fondo del asunto si la tía Pearl no cooperaba?

Me exprimí el cerebro mientras iba hacia el bar. Desde fuera, oía las voces de los huéspedes y me levantaban el ánimo. Esperaba que la inauguración del hostal Westwick Corners aportara beneficios al bar y al restaurante.

No me decepcionó. El bar estaba a rebosar. Incluso algunos lugareños habían subido la colina para mezclarse en el ambiente. Oficialmente, habían venido a mostrar su apoyo a la nueva empresa, pero en realidad querían cotillear sobre los invitados foráneos.

Normalmente no ocurría nada en Westwick Corners, pero, sorprendentemente, todos parecían desconocer que había habido un asesinato. Agradecí la discreción del sheriff Gates y de la policía de Shady Creek. Además de ellos, solo lo sabíamos mi madre, mi tía y yo. Y quería que fuera así, al menos por esa noche en la que los lugareños se integraban entre los huéspedes que se estaban dejando su dinero en copas.

Además, quería revelarlo todo el Westwick Corners Weekly. No ocurría a menudo que pudiera publicar una exclusiva antes de que circularan los rumores. Al día siguiente se conocerían más detalles, y, con suerte, algunas pistas. Cualquier filtración que ocurriera antes podría espantar a los huéspedes y arruinar la reputación del hostal.

Embrujo era uno de los dos restaurantes y el único bar que había en el pueblo, así que los fines de semana solía estar bastante lleno. Pero lo de esa noche no lo había visto nunca, lleno total. Con los beneficios podríamos pagar las facturas de todo o un mes, o incluso de más.

Vi a Brayden detrás de la barra. La mayoría de los lugareños tenían varios empleos para poder llegar a fin de mes, y Brayden no era una excepción. Los fines de semana trabajaba en el bar. Sentí un gran alivio al verle ocupado sirviendo bebidas, pero también me sentí decepcionada porque se tomara su trabajo a tiempo parcial más en serio que a mí. Seguía enfada por su ausencia en el ensayo, pero por lo menos no tenía que sustituirle como camarera.

—¡Cen! —me saludó y me dedicó una de sus blancas y brillantes sonrisas—. Tenemos que hablar.

Evidentemente, aunque suponía que no queríamos hablar de lo mismo.

—No has aparecido en el ensayo de nuestra boda. ¿Cómo has podido?

—No seas tan dura, Cen. Había algo importante y no podía abandonar el ayuntamiento —se excusó—. No es para tanto, ¿verdad? El verdadero ensayo es en unos días.

Se dio la vuelta para saludar a dos granjeros que se sentaron al otro extremo de la barra.

—Te lo tomas todo a broma, ¿no? —le espeté sonrojándome mientras intentaba mantener la calma.

—Claro que no. —Me pasó un brazo por la espalda—. Es solo que tú y tu madre tenéis la manía de planificarlo todo al extremo.

—¿Yo planifico demasiado?

Siempre ocurría así, ya que Brayden nunca planeaba nada. Tenía que hacerlo todo yo. Probablemente compensaba la espontaneidad de Brayden, ya que sus planes nunca se hacían realidad. Era un soñador, pero no hacía nada.

—Solo tenías que aportar tu presencia. ¿Sabes cuánto trabajo supone planear una boda?

—Cálmate, Cen. Aprecio lo que haces, pero dos ensayos son demasiado. Simplemente pensé que el pre-ensayo no era gran cosa.

—Sí que ha sido gran cosa. Nuestro invitado de honor, Sebastien Plant, ha sido asesinado en la glorieta. Hubiera sido de gran ayuda que hubieras llegado unas horas antes.

Afortunadamente, el cuerpo lo habíamos descubierto nosotras y no un huésped.

—No podía saber que iba a haber un asesinato, Cen. Me he enterado por el sheriff Gates. Ha llegado rápido, ¿no?

Puso ante mí un posavasos y una copa de *Hora de las brujas*, un *cabernet sauvignon* californiano.

Miré fijamente la copa, a sabiendas de que Brayden intentaba hacer las paces. Normalmente, desde que se convirtió en alcalde quería que bebiera bebidas sin alcohol. Yo prefería el vino. Estaba claro que intentaba suavizar el ambiente para evitar una pelea.

—Sí, pero tu ayuda nos habría venido bien para manejar la situación. Un cadáver no es lo más adecuado en una gran inauguración.

Recordé mi encuentro con el sheriff Gates y sentí que se me aceleraba el corazón. Esa figura esbelta y musculada, esos cálidos ojos marrones...

—¿Cen?

—¿Qué?

—He venido en cuanto he podido.

—Has llegado más de tres horas tarde. ¿Desde cuándo una reunión en el ayuntamiento acaba más tarde de las siete y media? —No le dejé tiempo para responder—. ¿Y qué hay más importante que un asesinato en casa de tu prometida?

Se encogió de hombros.

—El tráfico de hora punta.

—¿Qué tráfico? Estaba aquí todo el pueblo menos tú.

No había tráfico en Westwick Corners, sobre todo desde que la tía Pearl jugó a las fallas con la señal de la autopista hasta hacerla invisible para los motoristas. La ausencia de Brayden solo había empeorado mis miedos prematrimoniales y me había hecho replantearme nuestra relación. Por primera vez, me di cuenta de que, por mucho que Brayden me quisiera, siempre estaría por detrás de sus planes y ambiciones. Me consideraba más como una secuaz que como una compañera. Hasta ese momento no me había dado cuenta.

—Cen, no puedo dejar el trabajo cuando a tu madre se le antoje.

—Hace semanas que nos lo dijo. Prometiste que vendrías.

Las invitaciones ya estaban enviadas, el menú decidido y el lugar preparado. Cancelar o posponer la boda destruiría a Brayden. Además, era un alcalde muy popular, por lo que todo el mundo se pondría en mi contra. Por otra parte, no podía vivir una mentira. ¿Cómo era posible que un hombre al que hacía menos de 24 horas que conocía me planteara tantas dudas sobre mi futuro?

—Tenía una reunión en Shady Creek. El tráfico por la autovía era horrible, pero ya estoy aquí. —Sonrió y se dio la vuelta para poner dos copas—. Ser alcalde no es un trabajo de ocho horas diarias, Cen. He venido en cuanto he podido.

—Vale.

Mi trabajo tampoco era solo de ocho horas, pero no lo usaba como excusa. Era como si Brayden ignorara mis sentimientos e insinuara que, en cierto modo, era culpa mía. Y que su trabajo era más importante que el mío.

Brayden era el único chico con el que había salido, pero sentía que ya no lo conocía. Siempre había sumido que estábamos hechos el uno para el otro y nunca me había planteado que pudiera haber otros hombres.

Corrección. Claro que me lo había planteado. A veces incluso me hacía sentido atraída por alguno. Pero se trataba más de atracción física. Tyler Gates me provocaba de una manera que nunca antes había experimentado. No hubiera sabido decir qué era, pero ahí estaba.

Como todos los sheriffs antes de él, Tyler Gates debía de tener algún antecedente dudoso o habría encontrado un trabajo mejor remunerado en una ciudad más grande. Solo lo encontraba interesante porque algo fallaba entre Brayden y yo.

Ahí estaba, a punto de cometer el mayor error de mi vida por un hombre al que apenas conocía. Además de Brayden, Tyler Gates era el único hombre que no jubilado en el pueblo. Me había parecido bueno porque, de repente, todo en Brayden me parecía malo.

—Tendrías que haber estado aquí. Estoy harta de que me subestimes.

Brayden se pasó una mano por el pelo perfectamente cuidado.

—El servicio público incluye sacrificios personales, Cen. El trabajo es lo primero. Ya lo hablamos cuando me presenté a alcalde.

No recordaba haber hablado nada parecido.

—¿Qué es exactamente eso que es más importante que yo?

Brayden hizo un gesto de exasperación.

—No es tan sencillo, Cen. Sabes que no puedo contarte información confidencial del pueblo.

Aparte de ser la novia de Brayden, también era la prensa. Él tenía razón en que los secretos no duran mucho en Westwick Corners.

—¿Tu trabajo es más importante que la boda? ¿Ese día tampoco aparecerás?

Brayden puso los ojos en blanco.

—Claro que no. Pero a veces tengo que tomar decisiones complicadas.

—¿Hay un asesinato y no puedes venir?

—Eso no podía saberlo.

Puso dos jarras de cerveza ante los dos granjeros de pelo canoso y se volvió hacia mí.

—Has dicho que el sheriff te lo dijo enseguida. ¿Qué podría haber más importante que un asesinato el primer día de trabajo del sheriff?

Brayden tenía más prioridades antes que un asesinato.

Hay una primera vez para todo.

No me había replanteado la boda hasta esta tarde, y en ese momento me pregunté si por fin había abierto los ojos.

—No habíamos hablado de nada. Has hecho lo que te ha apetecido, como siempre. Por una vez, me hubiera gustado que te hubiera apetecido estar conmigo.

Mi voz se oyó por encima de la música y todas las miradas se giraron hacia mí.

—Ya lo hablaremos después —declaró Brayden fijando la mirada en el Martini que estaba preparando.

Sentí la ira en mi interior. Brayden había sido elegido alcalde solo unos meses antes. Por otra parte, ser alcalde siempre había sido un trabajo a tiempo parcial.

Westwick Corners tenía menos de mil habitantes, pero Brayden había aceptado el título con mucho gusto porque lo veía como el primer peldaño para llegar a algo más grande. Ser alcalde le habría puertas y le daba la oportunidad de codearse con políticos federales y estatales.

Pero no tenía ninguna intención de quedarse ahí. Tenía que responder a todos sus electores, incluyéndome a mí.

—No, quiero hablar ahora.

Pero Brayden no me oyó porque ya estaba al otro extremo de la barra sirviendo copas.

La tía Pearl tenía razón. Brayden no me valoraba y ya estaba harta. Nos conocíamos de toda la vida pero nunca me había sentido tan lejos de él. Sus ambiciones políticas se entrometían en nuestra relación, al igual que las pocas necesidades que tenía el pueblo al que se suponía que representaba.

Dejé mi copa de vino a medias en la barra y me levanté. El bar no tenía mesas y había media docena de huéspedes bailando al ritmo del country-rock que salía de los altavoces.

Volví a pensar en el asesinato de Plant y en mi historia. Caí en la cuenta de que era casi imposible escribir objetivamente sobre un crimen ocurrido en mi propiedad. Tal vez era solo el principio, ya que mi objetividad periodística sería imposible en cuanto me casara con el alcalde.

Genial.

Tendría que despedirme del periódico y de mi trabajo.

Lo último que quería era ser la mujer florero de un político, acompañar a mi marido sin tener vida propia. ¿Amaba a Brayden o simplemente me sentía cómoda a su lado? Me había centrado tanto en cubrir las expectativas de los demás que no sabía la respuesta.

Mi atracción hacia Tyler Gates era simplemente física. Pero era un impulso que nunca había sentido hacía Brayden, y me gustaba. Quería volver a sentirlo.

Existiera o no ese sentimiento, tenía que descubrirlo. Decepcionaría a mucha gente, pero ya había perdido mucho tiempo intentado contentar a los demás sin hacerme feliz a mí misma. Me dirigí hacia Brayden al otro extremo de la barra. Había terminado con las bebidas y estaba limpiando.

Tomé una bocanada de aire.

—Sobre la boda...

Me dio un beso en la mejilla.

—Me has leído la mente. ¿Tenemos habitación para el gobernador y su esposa? Es una gran oportunidad para conocerlos mejor.

Eso confirmaba mis sospechas de que mis deseos siempre iban a estar por detrás de su estatus social y ambiciones políticas. Tendría que restringir mi magia. Las brujas son las peores compañeras de los políticos, y las aspiraciones de Brayden iban mucho más allá de Westwick Corners. Tenía planeado llegar a ser gobernador estatal algún día.

Nada de prensa, nada de magia, nada de amor.

Nada de un futuro juntos. ¿Por qué me había llevado tanto tiempo darme cuenta?

—No.

No tenía tiempo para discutir. Tenía trabajo en hostal.

—¿Cómo que no? ¿No hay sitio para dos más?

Suspiré. Brayden siempre veía las cosas desde su punto de vista, no desde nuestro punto de vista. Esperaría a la mañana siguiente para decirle que la boda se cancelaba.

—Ahora no.

Avisté la tía Pearl por el rabillo del ojo. Llevaba un viejo chándal gris de Adidas 1970, el que solo se ponía cuando tenía que hacer ejercicio físico. Ignoré las objeciones de Brayden y la seguí fuera. Se dirigía a la glorieta y, sin duda, hacia más problemas.

—Tía Pearl, mamá te necesita dentro. —La tía Pearl me miró fijamente, entornó los ojos y murmuró algo que no llegué a oír—. ¿Cómo has dicho?

Frunció el ceño y cambió de dirección. La seguí hacia los escalones de la entrada del hostal. Noté que alguien me tiraba el brazo y me giré para encontrarme con Brayden. Me preocupó que me hubiera seguido fuera, eso significaba que no había nadie en el bar.

—¿Qué te pasa? —Me cogió también el otro brazo y me miró a los ojos—. Últimamente no pareces la misma.

—Yo no he cambiado, tú sí. Si ahora ya no tienes tiempo para mí, ¿qué pasará cuando nos casemos?

Me liberé de sus manos y busqué con la mirada a mi tía por todo el jardín, pero la había perdido de vista.

—No es eso. Es que ahora estoy muy ocupado y...

—Basta de excusas, Brayden —dije y me dirigí al jardín.

—Venga, Cen.

Se quedó quieto de brazos cruzados esperando a que yo fuera hacia él.

—Hablaremos mañana.

En parte esperaba que me siguiera, pero sería mejor que no lo hiciera. No estaba segura de cómo y cuándo decírselo, pero de repente lo tuve clarísimo. No iba a casarme con Brayden Banks.

Y a él no iba a gustarle.

CAPÍTULO 10

Seguí a la tía Pearl a través del césped y de la carretera hasta llegar al jardín de rosas. Como temía, fue directa a la glorieta. Me estremecí. Su intención era repeler a los turistas, pero estaba a punto de incriminarse en el caso. Que hubiera una escena del crimen en nuestra propiedad ya era horrible, pero una escena alterada era mucho peor. Sobre todo si la alteraba una bruja.

—¡Espera, tía Pearl!

Su paso era mucho más rápido de lo que correspondería a un cuerpo de setenta años, así que había magia de por medio. Incluso en la tenue penumbra pude ver la garrafa de gasolina que sostenía. Corrí todo lo rápido que pude y la alcancé a unos pocos pasos de la cinta policial.

—Suelta la gasolina.

—Oblígame.

Sonrió con superioridad, dejó la garrafa y se arremangó el chándal.

No tenía elección, tenía que usar mi propia magia. Estábamos a dos pasos de la glorieta, a un milisegundo del desastre.

No sé si fue suerte o instinto, pero pude detenerla desintegrando la garrafa de gasolina.

La tía Pearl ahogó un grito.

Miramos en silencio el humo que quedaba donde instantes antes había estado la gasolina.

Desastre evitado. Al menos, de momento.

—No puedes destruir la escena del crimen, tía Pearl. Además, es demasiado tarde para destruir nada, la policía ya ha recogido los indicios.

Se dio la vuelta y se colocó frente a mí.

—Y tú no puedes ir por ahí haciendo desaparecer las cosas de los demás, Cendrine.

Se miró las manos vacías. No quedaba ni rastro de la gasolina.

—No me dejas elección.

El corazón me latía fuerte en el pecho. Esperé que reaccionara con otro acto vengativo, esta vez dirigido a mí.

En vez de eso, sonrió.

—No está mal, teniendo en cuenta lo poco que practicas. Se te da bien la magia cuando quieres.

Por una vez, sentí que mi talento especial era una bendición y no una maldición. No pude evitar sentirme orgullosa, a pesar de las circunstancias. La tía Pearl no solía repartir elogios, y menos aun cuando se trataba de magia.

No usaba los poderes porque me parecía que era hacer trampas. Creía me otorgaba una ventaja injusta y me oponía firmemente a librarme de los problemas mediante hechizos. Había tenido que recurrir a uno de los hechizos de la tía Pearl, pero al menos no estaba destruyendo la escena del crimen.

—Solo por necesidad. Volvamos dentro.

La tía Pearl me ignoró y se volvió de nuevo a la glorieta.

—Simplemente tienes que aplicarte más, Cen. ¿Por qué no empezar por aquí?

La pirómana en serie de mi tía chasqueó los dedos y un palo en llamas se materializó en su mano.

Yo también chasqueé los dedos e hice aparecer un cubo de agua, pero era demasiado tarde. Le lancé el cubo pero ella ya había llegado a las escaleras de la glorieta. La cogí del brazo y las dos caímos escaleras abajo hasta el césped. Nos detuvimos a unos centímetros de la cinta policial.

—¡Me has engañado! —me levanté y me encontré con Tyler Gates.

—¿Qué demonios ocurre aquí?

El sheriff apagó el fuego con la bota. Su sonrisa se desvaneció cuando reconoció a Pearl.

Era exactamente lo mismo que iba a preguntarle a mi tía. ¿Por qué estaba tan empeñada en destruir la glorieta? ¿Estaba implicada de algún modo?

—Gracias al cielo está usted aquí, sheriff —sollozó la tía Pearl—. Me atacó sin previo aviso.

Las comisuras de Tyler Gates se elevaron ligeramente.

—¿Es verdad?

—Me ha provocado.

En cuanto pronuncié las palabras me di cuenta de que sonábamos como dos niñas de primaria.

Vergonzoso.

—Es peligrosa.

La tía Pearl me señaló con un dedo acusativo.

Puse los ojos en blanco y me sacudí los restos de césped que tenía por la ropa.

—Si yo fuera vosotras me andaría con cuidado —dijo el sheriff—. La glorieta sigue estando precintada, y aún no os he descartado a ninguna de las dos como sospechosas.

Asumí que ese comentario se dirigía más a la tía Pearl, puesto que ya había comprobado mi coartada. Había estado toda la mañana en la redacción, como se podía ver en las cámaras de seguridad y podían verificar otros dos trabajadores del edificio. No había salido de allí hasta les tres de la tarde, cuando vine en coche a casa y me dirigí directamente a la glorieta.

El paradero de la tía Pearl desde las nueve de la mañana hasta antes de mediodía, cuando había aparecido en mi oficina tras el incendio de la autovía, era desconocido. Había declarado que, tras salir de la oficina, había ido directa al hostal. Mamá podría verificar si era verdad que antes del incidente en la autovía había estado preparando las habitaciones de los huéspedes. Conocía a mi tía lo suficiente como para no creerme sus palabras al pie de la letra, pero sabía de corazón que no era una asesina. Sin embargo, la ley se basa en hechos, no en sentimientos.

La tía Pearl se cogió de la barandilla para levantarse en su metro cincuenta de estatura y le refunfuñó al sheriff:

—Nunca lo descubrirá solo. Si me lo pide amablemente, estaría dispuesta a ayudarle.

—Podría empezar por decirme dónde ha estado hoy —preguntó el sheriff de brazos cruzados.

—Como si no lo supiera ya —dijo con desprecio la tía Pearl.

—Tiene razón —la defendí—. ¿No estaba quemando la señal de la autovía?

—Eso ha sido por la mañana. Todavía no sé nada de las primeras horas de la tarde —señaló Tyler—. Necesito un informe completo de sus paraderos, Pearl. Sería de agradecer su cooperación.

Pedirle cooperación a la tía Pearl era como pedirle un adelanto a la mafia. Tendrás lo que pides, pero pagarás por ello.

Tyler sacó su libreta.

—¿Tiene el ticket de la gasolina? Eso nos ahorraría tiempo.

—¿No le vale con mi palabra?

Sabía a ciencia cierta que la tía Pearl no había comprado la gasolina. La había hecho aparecer de la nada. Pero no podía admitirlo ante el sheriff. Cada vez estaba más preocupada por sus evasivas y su falta de coartada.

Tyler ignoró la pregunta y planteó una nueva.

—¿Dónde ha estado antes de ir a la gasolinera.

—Se lo diré si me quita la multa.

La tía Pearl se cruzó de brazos y resopló.

—Ni hablar. La multa ya está emitida, no podría cancelarla aunque quisiera. Tendrá que discutirlo en el juicio.

—Tuvo su oportunidad, sheriff —dijo Pearl—. La vida en este pueblo puede ser fácil o difícil. Ha elegido su propia medicina.

—¡Tía Pearl! —la regañé y le puse una mano en el hombro. Lo último que necesitábamos era un enfrentamiento contra la ley—.

Respóndele al sheriff y así nos vamos y le dejamos seguir con su trabajo.

La tía Pearl se había acercado mucho a la cinta policial, pero no la había atravesado. Miró con furia al sheriff Gates.

—He estado trabajado en el hostal con Ruby hasta que me he ido a la gasolinera. Esto se está convirtiendo en una caza de brujas. —La tía Pearl se cruzó de brazos—. ¿Puedo irme ahora?

La fulminé con la mirada. Su sutil referencia mágica me había puesto de los nervios. Y esa era exactamente su intención.

Tyler Gates asintió.

—Comprobaré su coartada con Ruby, por supuesto. Ni se le ocurra salir del pueblo. Estaré vigilándola.

Señaló con dos dedos sus propios ojos y luego los de ella.

—Adelante.

La tía Pearl se liberó de mi mano y se encaminó al hostal.

Al menos el nuevo sheriff tenía sentido del humor. La tía Pearl no iba a irse del pueblo, quería que se fueran todos los demás. En cualquier caso, las palabras del sheriff tuvieron el efecto deseado. Pearl deshizo el camino hasta la casa fingiendo una artritis exagerada. Miré hacia la glorieta.

—¿Se han llevado ya el cuerpo?

—El forense se lo ha llevado hace una hora.

Tyler iluminó el interior de la glorieta con su linterna.

Sentí su mirada sobre mí al volverme hacia la glorieta. Con el cuerpo retirado, la única prueba que quedaba de la horrible muerte eran los restos de sangre sobre el suelo de madera. Ahogué un grito al ver la varita de la tía Pearl en la entrada dentro de una bolsa marcada como prueba. ¿Sabía que seguía allí cuando intentó prenderle fuego? Me estaba ocultando algo y eso no me gustaba nada.

CAPÍTULO 11

Cuando volví al hostal ya eran pasadas las nueve y había oscurecido por completo. Las últimas horas habían sido muy estresantes entre la investigación policial, tener que controlar a la tía Pearl y asegurarse de que todo saliera bien con los huéspedes del hostal.

Llevaba bastante rato sin hablar con mi madre y quería saber cómo le iba. La encontré en la cocina lavando los platos. Siempre los lavaba a mano, aunque tenía un lavavajillas de tamaño industrial. Bueno, como bruja que era también podía usar un hechizo para lavarlos y completar su lista de quehaceres en menos de un segundo. Pero era tan perfeccionista que insistía en hacerlo todo de la manera difícil. Con lo que tardaría en comprobar y volver a comprobar los hechizos, habría acabado antes de la manera manual del resto de mortales. Mi madre y yo éramos iguales en ese aspecto. Nuestro talento especial nos producía inseguridades. A veces la magia nos parecía una ventaja injusta.

—Ay, Cen, no puedo creer que nos hayamos visto involucradas en un asesinato. —Tenía los ojos enrojecidos e hinchados, como si hubiera estado llorando. Tenía la ropa desaliñada y llevaba el delantal torcido, cosa que me resultaba extraña, ya que siempre tenía un aspecto inmaculado—. ¿Cuáles eran las probabilidades de que ocurriera algo así en la gran inauguración?

—Bastantes, si lo piensas. Era el momento perfecto para atacar el turismo antes de que despegara.

—No logro imaginar que nadie del pueblo llegara a esos extremos. ¿Quién estaría dispuesto a matar para detener el progreso? —se preguntó y se limpió las manos en el delantal—. La nota me asusta.

Le conté mis sospechas sobre el autor de la nota y su curiosa ortografía.

—La tía Pearl no utiliza la ortografía británica. Pero quienquiera que haya escrito la nota quería que pareciera que la había escrito ella.

—No seas ridícula, Cen. Pearl nunca le haría daño a nadie. ¿Cómo te atreves a insinuar algo así?

—Es lo que le parecerá al sheriff. Hay muchas pruebas que la señalan, y el sheriff va a investigarlas todas. Sé que ella no lo hizo, pero, definitivamente, nos oculta algo. —Cogí un trapo y me puse a secar los platos—. Siempre lleva encima su varita. ¿Por qué no la ha cogido de la glorieta? Nunca había visto que la dejara abandonada. Podía haberla cogido antes de que llegara el sheriff pero no lo hizo.

Mamá se encogió de hombros.

—O se le ha olvidado o no quería alterar la escena del crimen.

—¿Desde cuándo no quiere alterar nada? Según ella, no era parte de la escena del crimen. Dice que se le cayó cuando tropezó conmigo. —Mamá frunció el ceño pero no dijo nada—. ¿Tenía la varita cuando fuisteis andando hasta la glorieta?

—No me acuerdo. Estaba tan preocupada preparando todo lo de la inauguración que no me fijé.

A mamá se le cayó la olla que estaba lavando. Golpeó el fregadero con un ruido metálico.

Sentí una pizca de culpabilidad por no haber estado ayudando en el hostal.

—Había tanto que hacer aquí, me agobio con todo. Pearl ha estado fuera toda la mañana, he tenido que hacerlo todo yo.

Me quedé paralizado.

—Un momento, la tía Pearl le ha dicho al sheriff que ha estado contigo hasta las once de la mañana y ha dicho que tú podías corroborarlo.

Mamá suspiró y se llevó una mano a la frente.

—No voy a mentir por ella. Se ha ido muy temprano esta mañana y no la he vuelto a ver hasta la tarde. ¿En qué nos ha metido?

—No lo sé, pero si no nos dice dónde ha estado y que ha hecho, no podemos ayudarla. Seguro que el sheriff cree que es culpable de algo.
—No quería que la acusaran injustamente. Por alguna razón que no sabía explicar, quería causarle una buena impresión a Tyler Gates—. Sea lo que sea lo que esconda, no puede ser tan terrible como un asesinato.

—Es muy cabezota, Cen. Podría desmoronarse todo el mundo a su alrededor y seguiría guardando sus secretos. Se busca muchos problemas de ese modo.

—Bueno, si quiere recuperar su varita, tendrá que explicar ciertas cosas. El sheriff se la ha llevado como prueba. Aunque cree que es un bastón.

Mamá se quedó boquiabierta.

—¿Pearl es sospechosa?

—No ha dicho eso, exactamente, pero su aversión hacia el turismo le da un móvil, y la nota parece algo que ella diría. Añádele a eso su varita en la escena del crimen y es la primera sospecha. Seguro que es lo que piensa el sheriff.

—Pero nosotras también estábamos en la glorieta —protestó mamá—. ¿Por qué no somos sospechosas?

—Tenemos una coartada. Yo he estado trabajando hasta las tres. Los forenses podrán determinar la hora de la muerte según las condiciones del cuerpo.

Me volví a estremecer al recordar mi caída sobre el cadáver.

—Y yo he estado casi toda la mañana en el pueblo comprando cosas de última hora para la cena. Me ha visto mucha gente. Me he cruzado incluso con el sheriff —explicó mamá.

—¿Lo ves? La tía Pearl ha mentido porque no tiene coartada.

¿Había sido una mentira o una omisión?

—Puede que se haya confundido con las horas —dijo mamá, aunque su expresión daba a entender que no se creía sus propias palabras.

—Ambas sabemos que eso es imposible. Es demasiado espabilada.

—Cierto —corroboró—. Pero probablemente piense que sus paraderos no son cosa del sheriff. Se pone de mal humor cuando cree que la controlan.

—Es decir, la mayor parte del tiempo, pero no ahora que ha habido un asesinato. Todos los indicios apuntan a ella, excepto una cosa. El asesino conocía a la víctima.

—¿Sí? —Mamá hundió las manos en el agua jabonosa del friegue—. ¿Te lo ha dicho el sheriff?

Negué con la cabeza.

—Atacar a alguien de cara implica una relación personal. Ya sea golpeándolo hasta la muerte o cubriéndole la cara después. Sebastien Plant conocía a su asesino. Por lo que sé, nunca había visto a la tía Pearl.

El programa de televisión *Archivos Forenses* me había enseñado que las pruebas están a simple vista, y las heridas de la cabeza y el rostro de Plant daban muchas.

—Ves demasiados programas de crímenes, Cen.

—Tal vez, pero ahora mismo es el único indicio que tenemos. Es una pista importante. Tenemos que atrapar a quien haya hecho esto.

Mamá sacó las manos del fregadero y las agitó en el aire, salpicando agua por todas partes.

—Pearl será muchas cosas pero no es una asesina. Aunque estoy de acuerdo en que esconde algo. No me veo capaz de sonsacarle sus secretos. No hablará.

—Tiene que hacerlo. Si no lo explica todo pueden declararla culpable de asesinato.

La tía Pearl no era de las que se callaban las cosas. Una simple explicación podía tacharla de los sospechosos, y aun así no iba a dárnosla.

Su silencio también sería una sentencia de muerte para todo el pueblo, ya que los turistas no vendrían mientras un asesino anduviera libre entre nosotros. Pero Westwick Corners había sobrevivido más de cien años, así que, pasara lo que pasara, duraría por lo menos otro siglo si yo podía hacer algo al respecto.

CAPÍTULO 12

Con la historia que había contado o había dejado de contar la tía Pearl no se explicaba la sangre de su varita. O alguien se la había robado y había hecho uso de ella, o bien la había usado ella misma. Visualicé la varita mentalmente. La sangre que había en el extremo estaba seca. El día había sido caluroso, pero la glorieta estaba a la sombra. La sangre habría tardado por lo menos un cuarto de hora en secarse.

Sentí escalofríos al recordar la frialdad del cuerpo de Plant cuando caí sobre él. Llevaba mucho más de quince minutos muerto. Más bien, llevaría horas.

—Nadie podía saber el valor que tenía la varita de la tía Pearl. ¿Por qué iban a robarla?

—Tiene valor para otra bruja.

Mamá dejó el último de los platos en el escurreplatos y vació el agua del fregadero.

Eso no se me había ocurrido.

—Pero Pearl es la única que puede desbloquear su varita.

Las varitas modernas eran de alta tecnología, y la de la tía Pearl era una de ellas. Hacía falta una combinación de su huella dactilar y una contraseña. Incluso la magia se vale de la biometría en estos tiempos.

—Una bruja no necesita desbloquearla y utilizarla —dijo mamá—. Le basta con mantenerla alejada de Pearl. Así sus poderes se debilitan y no puede lanzar hechizos.

—¿Por qué alguien querría impedirle hacer magia?

Recordé la varita todavía caliente de la tía Pearl en la glorieta. La había usado. Todavía había algo que no nos estaba contando, y eso no era buena señal.

—Ni idea. Pero dudo que alguien que no fuera una bruja le robara la varita y la saboteara. —Mamá levantó una ceja—. Quien lo haya hecho quiere convertir a Pearl en un chivo expiatorio.

—Alguien quiere librarse de los cargos de asesinato. La tía Pearl va a la cárcel y el asesino queda libre.

La lista de enemigos de la tía Pearl incluía a la mitad del pueblo, pero no me atrevía a expresar mis temores en voz alta. Mi madre no veía los defectos de su hermana ni la gran cantidad de gente que la odiaba. Aunque la mayoría eran los habitantes del pueblo, simples mortales sin poderes especiales. No asesinos a sangre fría.

—El asesino se libra de dos personas. —Mamá frunció el ceño—. Sigo pensando que hay otra bruja.

—Somos las únicas brujas del pueblo —dije—. Quizás deberíamos hacer una lista de gente que querría hacerle daño a la tía Pearl.

—Hazel y Pearl están peleadas.

—No creerás...

—No, ni siquiera la bruja Hazel llegaría tan lejos. —Mamá se quitó el delantal y lo dejó en la encimera—. Pero como la asesina haya sido otra bruja, Pearl tendrá problemas gordos. Nunca podrá explicarlo todo y limpiar su nombre.

Claro.

Las brujas podían alterar las pruebas con facilidad, incluso las conclusiones del forense. La tía Pearl no era la única que necesitaba ayuda. El sheriff Gates también estaba en apuros. Si esperaba que su estancia en Westwick Corners iba a ser un trabajo fácil en un pueblo aburrido, se iba a llevar una sorpresa sobrenatural. No tenía más remedio, tenía que investigar a Hazel, de la que el sheriff desconocía.

—¿Podemos averiguar de alguna forma el paradero de Hazel?

Hazel Black era la mejor amiga de la tía Pearl hasta hace un año. Además de ser una bruja dotada, era la presidenta de la Asociación Internacional del Arte de la Brujería o AIAB, el órgano gubernamental de las brujas.

No podía imaginar a Hazel llegando tan lejos como para matar a un hombre inocente y echarle la culpa a la tía Pearl. Pero, por otro lado, Hazel había maldecido a mi hermano Alan y lo había convertido en un *border collie*. Eso nunca me lo había esperado.

—Supongo que podemos preguntarle a Amber.

La tía Amber era la vicepresidenta de la AIAB y veía a Hazel a todas horas. Si confirmara el paradero de Hazel, podríamos eliminarla rápidamente como sospechosa. La tía Pearl no habría querido involucrar a Amber, pero no teníamos elección.

—¿Y si se lo dice a Hazel? Se preguntará a qué viene ese interrogatorio.

—Llegados a este punto, creo que tenemos que hacerlo.

Mamá se secó las manos y chasqueó los dedos.

Un holograma apareció ante nosotras. La tía Amber se pasó la mano por el cabello pelirrojo y se colocó un mechón detrás de la oreja. Su aspecto era tan hermoso y cuidado como siempre, pero parecía distraída, como si la hubiéramos interrumpido.

—Más os vale que sea algo bueno. Me habéis pillado en medio de un hechizo.

Amber, al igual que Hazel, vivía en Londres. Westwick Corners no era suficiente para ella.

—Lo siento. Es importante —dijo mamá.

—Aquí son solo las seis de la mañana. Ya sabes que no funciono bien por las mañanas. Pues eso, espero que sea algo bueno.

Para nosotras aún era viernes por la noche, pero en Londres iban nueve horas por delante. El sheriff nos informará de la hora de la muerte cuando el forense se lo confirme, pero el asesinato se había producido entre las doce del mediodía y las tres de la tarde, cuando descubrimos el cuerpo. En Londres eso quería decir entre las nueve y las doce de la noche.

—Me temo que no es muy bueno. —Le resumí rápidamente los

eventos del día, el asesinato y los indicios que incriminaban a la tía Pearl—. Pearl y Hazel siguen peleadas. Quizá Hazel le tendiera una trampa y dejara su varita en la escena del crimen.

Como bruja, Hazel podía ir y venir de Londres en menos de una hora. Como no teníamos más pruebas, teníamos que descartar cualquier sospechoso sobrenatural. Nunca aparecerían en la investigación del sheriff Gates.

—La verdad es que Hazel es muy vengativa, pero no la veo asesinando a un inocente desconocido para culpar a Pearl —dijo la tía Amber.

—No estamos culpando a Hazel, pero tampoco podemos descartarla. ¿Sabes dónde estuvo anoche?

La tía Amber se encogió de hombros.

—Supongo que durmiendo, como todos los demás, Cen. No la he visto desde que salió de trabajar el viernes, y no la volveré a ver hasta el lunes por la mañana en la oficina. No sé qué hace fuera del trabajo.

—¿Alguien que no sea Penny puede confirmar su paradero?

Penny Black era la hija de Hazel. Además, Penny también era la ex de mi hermano y la razón del hechizo de *border collie* de Hazel. Hazel vivía sola. Pearl era, o al menos había sido, su única amiga.

—¿Has probado a preguntarle a su novio? —La tía Amber se llevó una uña de color magenta a los labios pintados del mismo color—. Probablemente él lo sepa.

—¿Hazel tiene novio?

No me imaginaba a nadie queriendo salir con Hazel. Además de su personalidad dominante, solo se preocupaba por los negocios. No solo era la presidenta de la AIAB, sino que también era una emprendedora muy astuta.

—A mí también me sorprendió. Llevan unos meses juntos. No me acuerdo bien de su nombre. Seb... nosequé.

—¿Sebastien Plant?

Mi madre se quedó muda de la sorpresa y pareció que fuera a caerse.

—Sí, eso es. ¿Lo conoces? —La imagen de la tía Amber se emborronó—. Tengo que irme... se me quema la poción.

—¡Espera!

Demasiado tarde. La tía Amber se había ido.

Me volví hacia mi madre.

—El asesino de Sebastien Plant dejó una nota con ortografía británica. Hazel es británica. ¿Crees que lo hizo ella?

Mi madre negó con la cabeza.

—Ni Hazel ni Pearl son capaces de algo así, Cen. Tenemos que hablar con ellas cuanto antes.

El rostro ensangrentado de Sebastien Plant reapareció en mi mente. Tanto Hazel como Tonya lo conocían íntimamente, pero solo Hazel era británica.

Hazel y Pearl no se hablaban, pero habían sido amigas durante décadas. ¿Era posible que Pearl estuviera encubriendo a su amiga?

CAPÍTULO 13

Lo único que habíamos sacado de la tía Pearl era el bombazo de la aventura de Hazel con Sebastien Plant, pero no arrojó luz sobre el asunto ni resolvió nuestro problema inmediato.

Pearl estaba desaparecida de nuevo. Tenía que encontrarla porque no sabía hasta dónde podría llegar para recuperar su varita. Mamá estaba a punto de sufrir un ataque de ansiedad y Pearl podía provocárselo.

—Tienes que vigilarla, Cen. No puedo dejar el hostal y me preocupa que haga una locura. Hemos invertido mucho en esto. Pearl puede echarlo a perder en un instante.

Esta vez, mamá no exageraba.

—La encontraré.

Saldría por la puerta principal y cruzaría la calle para ir a Embrujo. La última persona a la que quería ver en ese momento era a Brayden, pero probablemente estaría demasiado ocupado atendiendo a los clientes como para reparar en mí.

Buscaría a la tía Pearl en el bar y saldría pitando de allí. En cuanto abrí la puerta principal, casi choqué con una rubia rolliza con un brillante vestido de noche de lamé dorado. Su vestido vintage parecía fuera de lugar, pero me resultaba familiar.

Solo vi la parte baja del vestido, pero reconocí el talismán del brazalete de la tía Pearl en cuanto pasó junto a mí. Carolyn Conroe, el alter ego inspirado en Marilyn Monroe de la tía Pearl, se encaminó directamente hacia el bar.

Se me encogió el corazón. Las horas pasaban y no podría hablar con la tía Pearl sobre Sebastien Plant y Hazel hasta que recuperara su forma habitual. Y eso podía llevar un rato, dependiendo de en cuántos problemas se metiera.

—¿Dónde puedo conseguir un cóctel en este antro?

La voz de Carolyn se elevó por encima del barullo y todas las conversaciones cesaron de golpe.

Brayden le hizo un gesto despectivo.

—¿Puede esperar? La *happy hour* empieza en un cuarto de hora.

Brayden nunca había entendido el concepto de *happy hour*. En vez de incitar a los clientes al principio de la noche, ofrecía descuentos a aquellos que llevaban esperando lo suficiente. La gente se aprovechaba de su extraño horario y siempre aparecían bien entrada la noche.

Lo único bueno de la extraña promoción de Brayden era que Carolyn todavía no tenía una copa en la mano. Él también conocía el alter ego de la tía Pearl, pero creía que Carolyn Conroe provenía de un trastorno de la personalidad y demasiado maquillaje. Así de buena era la magia de la tía Pearl. Desgraciadamente, sus apariciones nunca eran buenas, así que esperaba que Brayden tuviera bastante agua para rebajarle las bebidas. Una Carolyn borracha era demasiado, mucho peor que una Pearl sobria. Podía hacer cualquier cosa.

Carolyn echó la cabeza hacia detrás y dejó escapar una risa gutural.

—Volveré a por ti, amor.

Brayden se sonrojó. Pearl lo había avergonzado como acto de venganza.

Todo el mundo miró hacia Carolyn cuando una corriente de aire, que sabía de donde venía, le levantó la falda. Una sonrisa traviesa de dibujó en su rostro. Se recolocó la falda lentamente, no sin antes buscar con la mirada a todos los varones que había en el local.

Se formó una multitud alrededor de Carolyn. Se la veía disfrutar de cada segundo que era el centro de atención.

Ignoré los silbidos y escaneé el bar. Estaba a rebosar, los visitantes se entremezclaban entre la gente del pueblo. Noté con satisfacción que casi todos los huéspedes estaban presentes. Mientras se quedaran en el bar no verían la cinta policial que todavía rodeaba la glorieta.

Vi a Tonya Plant sola en una mesa a la esquina. Era casi tan conocida como Sebastien. Aunque eran una pareja extraña. Tonya tenía treinta y pocos, era al menos veinte años más joven que Sebastien. Se la veía pequeña comparada con la obesidad mórbida de su marido. Tenía el cabello rubio muy corto y llevaba un regio vestido de alta costura con pequeños rosetones bordados. Golpeaba distraídamente el suelo con su tacón de aguja mientras sujetaba una copa de vino tinto. Miraba boquiabierta las excentridades de Carolyn.

Ella se dio cuenta y fue directa a la mesa de Tonya.

Genial.

Eché un vistazo a la entrada y vi a mamá justo en el umbral de la puerta. De algún modo, se había enterado de los planes de Pearl. Al ver su cara, me di cuenta de lo preocupada que estaba.

Me acerqué a ella y me la llevé a un lado.

—Tenemos que detener a la tía Pearl. —Ya era sospechosa de asesinato y estaba buscando pelea. No era el mejor momento para que Carolyn llamara la atención—. ¿Puedes hacerla entrar en razón?

Mamá negó con la cabeza.

—No me escuchará. Por lo menos mientras esté aquí no estará husmeando en las habitaciones de los huéspedes. El trabajo como encargada de mantenimiento debía mantenerla ocupada y lejos de los problemas, y no le era difícil porque podía usar la magia. Nuestro objetivo se echó a perder cuando fisgoneó en la habitación de Tonya.

Recordé los planos de desarrollo y me temí lo peor.

Mamá me cogió del brazo.

—¿Crees que Pearl sabe lo de Sebastien y Hazel?

—No lo sé. Hazel y Pearl llevan sin hablarse un par de meses. Si lo sabe y no se lo ha dicho al sheriff parecerá aún más sospechosa.

Si no la conociera, yo también sospecharía de ella. Todo lo que

CAZA DE BRUJAS

hacía parecía sospechoso. A la tía Pearl le gustaba crear polémica. Si sabía de la aventura entre Hazel y Sebastien, no cabía duda de que Tonya lo descubriría pronto, si no lo sabía ya.

Seguimos a Carolyn con la mirada mientras atravesaba la pista de baile hasta llegar a la mesa de Tonya. Se me aceleró el pulso cuando puse a mamá al corriente de lo que Pearl había intentado hacer en la glorieta.

—Me parece raro que haya ido a recuperar la varita. Si alguien se la había robado, ¿cómo sabía que estaba allí? Tendría que haber sabido que se la iban a llevar como prueba. —De repente se me encendió una bombilla. Convertirse en Carolyn Conroe también requería magia y era mucho más difícil que encender un fuego como había hecho en la glorieta—. ¿Cómo puede hacer magia sin varita?

—Está utilizando algo. —El semblante de mamá se ensombreció—. Pero todavía no sé el que. A veces me gustaría que se parara un segundo a pensar, como hacemos los demás. Tengo que volver al hostal. Mantenla vigilada, Cen.

Mamá se fue y Carolyn se sentó sola a unas mesas de Tonya.

Estaba tan metida en mis pensamientos que me había recorrido todo el bar sin darme cuenta.

—¿Lo de siempre? —me preguntó Brayden guiñándome un ojo mientras dejaba un refresco de arándano ante mí.

Habría preferido algo más fuerte, pero supuse que habíamos vuelto a la normalidad. Las apariencias poden despegar o estropear una carrera política, y como su futura esposa, todo lo que yo hacía le afectaba a él. Al menos, así lo creía Brayden.

Me terminé el refresco mientras él atendía a otros clientes. Dadas las circunstancias, quizás la bebida que me había servido era la mejor. Un solo trago de alcohol reducía mi fuerza de voluntad ante Brayden. Además también afectaba a mis poderes, y con un rápido vistazo al local entendí que tal vez necesitara la magia para intervenir ante mi tía. Pearl, o Carolyn, había vuelto a cambiar de sitio y se había sentado en la mesa de Tonya. Cantaba *Diamonds are a Girl's Best Friend* con voz profunda y movía la cabeza como una diva del pop.

Carolyn se fue acercando hasta que su pelo rozó la bebida de

Tonya. Esta echó la silla hacia detrás mientras Carolyn se reclinaba cada vez más hacia adelante. Guiñó un ojo seductoramente a sus admiradores masculinos y deslizó la mano fuera de la mesa. Perdió el equilibrio y rodó directamente sobre el regazo de Tonya Plant.

Tonya gritó.

Salté inmediatamente de mi taburete y me interpuse entre las dos mujeres en menos de lo que canta un gallo.

Levanté a Carolyn y la aparté de Tonya. Tonya estaba escandalizada. Tenía una expresión enfadada y su vestido de diseño estaba manchado por una copa de vino.

—¿Qué demonios hace?

Fulminé a mi tía con la mirada antes de mirar a Tonya. Ignoré la gran mancha de roja que se extendía por su vestido amarillo pastel. Por suerte, estaba tan ocupada gritándole a Carolyn que no la había visto todavía. Eso me daba la oportunidad de eliminarla. Tenía un intento para hacer un hechizo que no había practicado en años.

Un, dos, tres, que no esté...

Chasqueé los dedos, aguanté la respiración y esperé que surtiera el efecto deseado.

Había rebobinado el tiempo diez minutos. O al menos, es lo que había intentado hacer con mi magia oxidada. Parecía haber funcionado, ya que no había mancha de vino, ni ninguna mesa volcada, ni Carolyn por ahí. Habíamos vuelto atrás en el tiempo, un minuto o dos antes de que las cosas empezaran a irse de madre.

Tenía que hacer que esta vez todo fuera bien. Chasqueé los dedos dos veces y conjuré un hechizo de amistad.

Funcionó.

De repente las dos mujeres eran amigas y no adversarias. Carolyn Conroe cantaba *River of No Return* apoyada en la mesa de Tonya.

—¡Bravo! —reía Tonya, contenta porque alguien se hubiera fijado en ella. Lo único que destacaba en su vestido eran los rosetones rosa palo. Tonya bebía de su copa de vino mientras disfrutaba de la serenata de Pearl.

Carolyn levantó los brazos y entonó la nota final.

Todo el bar permaneció en silencio unos segundos hasta que

Tonya estalló a aplaudir. Carolyn saludó y el resto de clientes se unió al aplauso. Carolyn les lanzó un beso y volvió a saludar.

Estaba muy satisfecha con mi final alternativo, aunque Carolyn claramente no lo estaba. Me miró desde la otra punta y me levantó el dedo.

Sonreí y le saludé. Era una de las pocas veces en las que deseaba haber practicado más con la magia. Si lo hubiera hecho, la tía Pearl tampoco se habría dado cuenta de mis acciones. Sin embargo, no podía hacer nada al respecto.

Agotada, volví a mi taburete. Los hechizos habían acabado con la poca energía que me quedaba.

CAPÍTULO 14

—Necesitas una bebida de verdad. —Brayden me miró y puso una botella de tinto y una copa en la barra. Era una botella de *Hora de las Brujas,* nuestro mejor añejo. Llenó la copa y la dejó ante mí—. Finge que no está aquí.

Miré la copa llena de alcohol y durante un instante me asusté al pensar que el hechizo había salido mal y había afectado a Brayden hasta olvidar que era el alcalde. Lo analicé un momento y llegué a la conclusión de que no había sido así. Le preocupaba que pudiera montar una escenita con Carolyn. El alcohol me incapacitaría para hacerlo.

Me bebí media copa.

—No puedo ignorarla. Me preocupa lo que pueda hacer.

Brayden sabía que éramos brujas, más o menos. Creía que solo era una parte rara del legado familiar. Sabía algo de la Escuela de Encanto Pearl y de las pociones de mamá, pero no se lo tomaba en serio. Lo equiparaba a ámbitos como la astrología o la lectura de manos. Lo consideraba aficiones un poco excéntricas. En cualquier caso, teníamos cuidado de no usar la magia cuando estaba delante.

Ignoraba el hecho de que acababa de rebobinar su vida unos minutos. Lástima que no pudiera olvidar nuestro compromiso. Me angustiaba tener que darle la noticia, sobre todo ahora que estaba siendo tan dulce conmigo.

—Tendré vigilada a Pearl. Tranquila, Cen.

Pocos hombres aceptaban casarse fácilmente con una bruja, y, en cierto modo, Brayden sabía dónde se metía. No sabría explicar mi situación a alguien que no hubiera crecido con nosotros en Westwick Corners. Simplemente, tenía sentido que nos casáramos. Esa lógica me deprimía. Solo porque fuera fácil casarme con él, no significaba que tuviera que hacerlo.

Me bebí el vino, sintiéndome culpable por las pobres almas del bar a las que había borrado los últimos minutos de sus vidas y los había sustituido por una versión alternativa. Ojalá pudiera retroceder el reloj y evitar el asesinato de Plant. Era demasiado tarde para eso. Lo único que podía hacer era ayudar al sheriff Gates a encontrar al asesino y hacer justicia.

La tía Pearl, o Carolyn, me siguió hasta la barra. Levantó la copa de vino y susurró:

—Te quejas de mi magia. —Se tambaleó sobre sus tacones de aguja y amenazó con volver a derramar el vino—. Pero eres tú la que abusa, Cendrine West.

Por un instante, me sentí como una niña de cinco años la que regañan. Pero recuperé mi voluntad.

—Cámbiate, tía Pearl.

Usé la magia solo como último recurso, si alguna ocasión lo requería, había sido esa. El futuro de todo el pueblo estaba en manos del civismo de Pearl. Pero tenía que andarme con cuidado, ya que deshacer la magia de otra bruja provocaba serios problemas, aunque fuera mi tía.

Especialmente porque era una bruja mucho más poderosa que yo.

—Sssh. —Se llevó un dedo a los labios—. Descubrirás mi tapadera.

—¿Estás borracha?

Era difícil de saber si su inestabilidad se debía a los tacones de aguja o a un exceso de alcohol.

Me ignoró.

—¿No te gusta mi vestido, Cen? Es nuevo.

Se levantó el vestido hasta el muslo mostrando la piel. Su taburete se balanceó amenazando con volver a derramar el vino por segunda vez.

—No me refería a la ropa. Deshaz el hechizo de Carolyn.

—Pero si acabo de transformarme —se quejó la tía Pearl—. Es de mis favoritos.

—Por favor, tía Pearl. Tenemos que hablar. ¿Eres consciente de que eres la única sospechosa en el asesinato de Sebastien Plant?

—¿Me estás acusando de asesinato?

La tía Pearl dejó la copa sobre la barra bruscamente salpicándolo todo de vino.

—Claro que no. —Me limpió unas gotas de vino de la cara—. Pero todas las pruebas te señalan a ti. A nadie más. También tenemos que hablar de Hazel.

—¿De Hazel? —preguntó extrañada.

—Aquí no. Tenemos que ir a un lugar privado.

Me daba miedo contarle el supuesto romance entre Hazel y Sebastien, pero no tenía nadie más a quien acudir. Esto nos llevaría al desastre, ya que la tía Pearl no era muy buena guardando secretos.

Se le iluminó el rostro.

—Vayamos a la Escuela de Encanto Pearl. Pero solo si aceptas asistir a mis clases de magia.

—¿Vas a cambiarte y a recuperar tu aspecto normal?

O al menos todo lo normal que la tía Pearl podía llegar a ser.

Mi tía asintió.

—También quiero recuperar mi varita.

—Lo primero es lo primero —no podía hacer mucho por recuperar su varita, pero no iba a decírselo. Mi prioridad era neutralizar a la tía Pearl antes de que legara más lejos—. Me matricularé en tu estúpida escuela de magia con la condición de que prometas no hacer más trucos en todo el fin de semana.

Sus ojos resplandecieron.

—¿Lo harás?

—Sí. —Ya me estaba lamentando de mi promesa—. Pero solo si conseguimos que la inauguración vaya según lo planeado y si respondes las preguntas del sheriff sobre el asesinato. Nos vemos en la escuela en media hora.

La Escuela de Encanto Pearl se especializaba en hechizos y encantamientos, dos áreas en las que era tremendamente deficiente. No tenía ningún deseo de mejorar, pero estaba dispuesta a hacer lo que hiciera falta para controlar a la tía Pearl y detener el desastre.

Antes de que pudiera terminar la frase salió por la puerta. Observé por encima con satisfacción a los clientes del bar cuyas acciones se resumían en jugar al billar, a dardos o a lo que sea que estuvieran haciendo antes de la aparición estelar de Carolyn Conroe. Algunos de los habitantes del pueblo ya se habían ido. Poco a poco, Embrujo volvía a tener el lleno habitual.

Tonya Plant se terminó el vino sola. Los investigadores habían acabado con su habitación, pero parecía no tener prisa por volver. Se la veía bastante contenta, teniendo en cuenta que tendría que estar de luto.

Al verla me cuestioné la relación que tendrían. Parecían una pareja felizmente casada, pero nadie sabía lo que se escondía detrás de un matrimonio. Sobre todo en el caso de personajes públicos como los Plant.

No creía que Tonya tuviera la fuerza suficiente como para hacerle daño. Él podría haberla desarmado fácilmente. Lo mismo ocurría con la tía Pearl, aunque ella era bruja y podía sumar su fuerza sobrenatural con la varita. Pero no tenía razones para hacerlo.

Solo un hombre de un tamaño similar al de Sebastien Plant podía haberlo hecho, ya que este tenía heridas en la parte alta de la cabeza.

Por los programas de televisión policiacos, sabía que el ochenta por ciento de las víctimas eran asesinadas por sus parejas. Tonya podía haber contratado a alguien para que matara a su marido. Si conocía su relación con Hazel, tenía un móvil importante. Como esposa de Sebastien, tenía que ser sospechosa, pero no estaba segura de que el sheriff supiera de la infidelidad. Lo cierto era que Tonya no era una viuda afligida, e iba a demostrarlo.

CAPÍTULO 15

Eran casi las diez de la noche cuando llegué a la Escuela de Encanto Pearl. Me tranquilizó ver las luces encendidas. La tía Pearl estaba segura ahí dentro, y lejos de los problemas, al menos de momento. Al acercarme vi una señal de neón en forma de escoba en la ventana delantera. La palabra ABIERTO parpadeaba en luz blanca dentro de la escoba verde.

El odio de la tía Pearl hacia las señales de la carretera no parecía extenderse a su propio caso. Era de todo menos sutil. No me gustaba que la tía Pearl alardeara sobre su escuela de brujas de una manera tan obvia, pero me alegraba ver que se le daba un buen uso a la vieja escuela.

En cuanto abrí la puerta, sonó una campanita anunciando mi llegada. La vieja escuela era tal y como la recordaba de mis días de primaria. Incluso la pintura y el linóleo eran los mismos.

—Aquí.

La voz de mi tía resonó por todo el vestíbulo y la seguí hasta la primera aula. La escuela fue construida a principios del siglo XX con dos aulas, suficientes para la población de la época. Cerró unos años antes porque no podíamos permitirnos pagar al profesorado. Desde entonces, un autobús escolar recogía a nuestros niños y los llevaba a la gran escuela de Shady Creek, una triste señal de los malos tiempos que corrían.

La tía Pearl estaba ocupada encendiendo velas en el alféizar de la ventana.

—¿Por qué esa obsesión con el fuego?

Avancé hasta el centro de la clase y miré alrededor. Tenía que admitir que la luz de las velas dotaba al aula de cierto ambiente. En una palabra, era encantador.

Aunque no estaba dispuesta a admitirlo delante de la tía Pearl.

—Tranquilízate, Cen. No hace falta estar siempre tan seria.

—Tal vez no lo estaría si no tuviera que estar constantemente librándote de los problemas.

A veces ocuparse de la tía Pearl era un trabajo a jornada completa. Ya tenía suficiente con mis problemas.

—No estoy en problemas, y sé cuidar de mí misma. Deja de preocuparte por mí.

—Estás en serios problemas. Si no preocupo por ti destruirás nuestro negocio antes incluso de que despegue. ¿Por qué has mentido y has dicho que estabas con mamá? Me ha dicho que no es cierto. No tienes coartada, ¿verdad?

La tía Pearl puso los ojos en blanco.

—No te rindes nunca, Cen.

—Esto es importante, tía Pearl. Si no desviamos la investigación en otra dirección podrías ser culpada de asesinato.

—Vale. —Se cruzó de brazos y me miró—. Estaba con Hazel. Ha llegado esta mañana.

—No te creo. Ni siquiera os habláis.

Suspiré al pensar en mi hermano. Pobre Alan.

—Habíamos pactado una tregua, Cen. Los tiempos difíciles requieren medidas desesperadas.

—¿Tiempos difíciles? —pregunté confusa, pero con un atisbo de esperanza—. ¿Hazel todavía está aquí? Quizás pueda devolverle a Alan su forma humana.

La tía Pearl negó con la cabeza.

—No, no estamos tan bien. Lo que ocurre es muy serio, y Travel Unraveled está en el centro del meollo. Tenemos que detenerlos.

—Pero Alan, está impaciente por…

—Ahora no, Cen. —Levantó la mano como si estuviera dirigiendo el tráfico—. Esto es la guerra.

—Tenemos que sacar adelante un negocio, tía Pearl. Sebastien Plant nos habría aportado mucha publicidad. Ahora el pueblo será conocido como el escenario de su asesinato. ¿Cuándo ha llegado Hazel?

Dos brujas inquietas eran mucho peor que una.

Mi tía se encogió de hombros.

—Sobre las nueve de la mañana.

—Ha tenido tiempo de cometer el asesinato. —Escaneé la sala pero ni va rastros de Hazel—. ¿Dónde está?

—Se ha ido a Londres hace una hora.

Sentí una vez más el peso de la derrota. Seguíamos casi en el punto de partida de la investigación, y mis esperanzas de que Alan recuperara su forma humana se habían esfumado.

Como amante de Sebastien, Hazel tenía un motivo de peso. La coartada de la tía Pearl no tenía mucho valor teniendo en cuenta que solo podía corroborarla otra sospechosa potencial.

—¿Alguien os ha visto juntas?

—No. Nos hemos quedado aquí y nos hemos tomado un café. Solo hemos estado arreglando unos asuntos.

—Es la mentira más ridícula que he oído en mi vida. —Me crucé de brazos y alcé las cejas—. Vosotras dos nunca os sentáis. Hazel no habría recorrido medio planeta solo para hablar.

—Vale, quizá hayamos estado en la glorieta. Hazel y yo hemos seguido a Sebastien Plant hasta la glorieta para asustarlo un poco y que se fuera del pueblo. Entonces hemos visto a su atacante, un chico con una capucha negra. No tenemos nada que ver con el asesinato, lo juro. Hazel estaba tan enfadada que se ha ido del pueblo inmediatamente. Dile eso al sheriff.

—¿Por qué no se lo dices tú? Bueno, pensándolo mejor, no lo hagas. Mencionar a Hazel abre la puerta a una infinidad de preguntas

que podrían sacar a la luz nuestro secreto. Explicar que puede teletransportarse de Londres a aquí en unos minutos complica las cosas.
—También las complicaba su aventura con Sebastien Plant, pero la consideraba inocente. Parecía que sería más fácil encontrar al verdadero asesino que demostrar la inocencia de Hazel y Pearl—. Explícame todo lo que sepas del encapuchado, es nuestra única pista hasta ahora.
—Ha sido un día muy largo, Cen. Hagámosle una visita a Morfeo. —La tía Pearl se puso en pie y me acompañó por el pasillo—. Tramaré un plan que nos saque de este embrollo.
Levanté los brazos en forma de protesta. Estaba segura de que los planes de la tía Pearl conducirían a más desastres. Por otra parte, si le ponía más pegas estaría aún más reacia a colaborar.
—Bueno, vale. Pero quiero hablar con Hazel para confirmar tu historia.
Eché un último vistazo a mi alrededor y me di cuenta de que mi tía había estado trabajando en la vieja escuela al mismo tiempo que en el hostal. Causaba muchos problemas, pero cuando le interesaba trabajaba como nadie. La Escuela de Encanto Pearl parecía una escuela real. Había restaurado los pupitres y las estanterías de las paredes estaban llenas de material escolar por estrenar. Lo único que la diferenciaba de una escuela corriente era la bola de cristal en la mesa del profesor y una pizarra llena de hechizos en lugar de aritmética.
—¿Es eso lo que creo que es? —Me acerqué a la pizarra y examiné un objeto en el compartimento de la tiza que me sonaba familiar—. No sabía que tuvieras una segunda varita.
—No la tengo.
—Pero se llevaron tu varita como prueba. La tienen confiscada en comisaría. —Se me abrieron los ojos como platos—. Dime que no la has cogido.
—Está bien, no te lo diré. Hora de irse a dormir.
Sonrió alegremente y me empujó hacia la puerta.
—¿Y si tu varita tuviera las huellas del asesino? Quizá hayas destruido la única prueba que podía tacharte de la lista de sospechosos.

Esperaba que la policía hubiera buscado las huellas antes de que Pearl la cogiera.

Echó la cabeza hacia detrás y se echó a reír.

—No es una prueba, ya que no tengo nada que ver con el asesinato de ese hombre. Todos se centran en el asesinato, pero se ha cometido otro delito importante. A nadie le importaba mi varita robada, así que me he tomado la justicia por mi mano y la he recuperado.

—Querrás decir que la has robado. Es lo que has hecho al cogerla de las pruebas de la policía. ¿Cómo quieres que te ayude si no quieres dejarte ayudar?

La alteración de pruebas tenía consecuencias graves.

La tía Pearl me ignoró.

—Tengo derecho a tener mis pertenencias.

—Es un poco tarde para eso, pero no estoy aquí para criticarte. Quiero preguntarte algo, ¿sabías lo del romance entre Sebastien Plant y Hazel?

Su rostro se transformó en una expresión de sorpresa.

—¿En serio?

—No juegues conmigo. Estás encubriendo a Hazel, pero la tía Amber me lo ha contado todo. —Estaba exagerando, pero si Amber lo sabía, Pearl, que era la mejor amiga de Hazel, tenía que saberlo seguro—. Por eso fuisteis las dos a la glorieta, ¿verdad?

La tía Pearl apretó los labios y se tomó su tiempo en responder.

—Vale, sabía lo de su relación. No estoy de acuerdo con los actos de Hazel, pero ella nunca mataría a Seb, así que pensé que no tenía sentido mencionarlo. No quería complicar las cosas.

—¿Matan al amante de Hazel en nuestra propiedad y tú no crees que tenga sentido mencionarlo? —Pensé en los pocos detalles que me había dado la tía Amber—. ¿Qué más sabes de Sebastien Plant y no me estás contando?

—Tenía planeado divorciarse de Tonya y casarse con Hazel. —Acarició la estrella de su varita—. Hazel estaba preocupada por la seguridad de Seb, así que me pidió que le ayudara a tenerlo vigilado.

—Por buena que sea, no me creo esta historia. —Eran una pareja aún más rara que la de Tonya y Sebastien. Hazel tenía más de setenta años, y Sebastien Plant alrededor de cincuenta, con una atractiva mujer de treinta años—. Hazel es unos cuarenta años mayor que Tonya.

—No seas tonta, Cen. Hazel se transforma, igual que hago yo con Carolyn Conroe. Tonya también lo hace. —Suspiró—. Los hombres son tan simples.

Eso me cogió por sorpresa.

—¿Tonya es bruja?

Recordé lo que dijo mamá sobre que la varita de la tía Pearl podía ser atractiva para otra bruja. ¿La habría cogido Tonya para evitar represalias por parte de la tía Pearl?

La tía Pearl asintió.

—Es imposible. Una bruja no se habría creído tu numerito de Carolyn Conroe.

—Tonya sabía exactamente lo que estaba pasando. Solo intentaba mantener las apariencias. Ya le cuesta bastante aparentar el luto propio de una viuda. —La tía Pearl sonrió con superioridad—. Es una bruja mediocre y su magia no es nada especial. Aunque es buena en una cosa.

—¿En qué?

—En hechizar a los hombres. Tú también podrías ser buena si te esforzaras un poco.

—¿Te refieres a lo que tú haces cuando Carolyn Conroe se pone seductora?

La tía Pearl puso los ojos en blanco.

—Si pasaras algo de tiempo en la AIAB y en el mundo mágico no tendría que explicarte todos los detalles. Pero al fin estás entendiendo. No solo es bruja, sino que va detrás de algo que nosotras tenemos.

—¿Vas a decirme el qué o también tengo que adivinarlo?

—Tonya quiere el pueblo, Cen. Por eso quemé la señal. No podía dejar que lo encontrara. —Se secó una lágrima imaginaria—. Fracasé estrepitosamente.

—¿Por qué diablos iba a querer Westwick Corners? Los Plant son multimillonarios. Poseen prácticamente la totalidad de la industria viajera con todos sus espectáculos, libros y complejos vacacionales. Hay muchos más sitios para un complejo que este pueblo fantasma.

Al escuchar esas palabras me di cuenta de que ni siquiera yo creía en el futuro de nuestro pueblo.

Qué triste.

—Espero que esto no nos lleve toda la noche. Westwick Corners se encuentra sobre uno de los vórtices de energía de la Tierra. No es tan conocido como otros como Stonehenge, Sedona o Arizona. Nos gusta mantenerlo en secreto. De hecho, es la verdadera razón por la que nuestra familia se asentó aquí. Amplifica nuestros poderes. ¿Entiendes?

Asentí. Conocía vagamente la existencia de vórtices de energía, pero la historia de poderes especiales y portales a otras dimensiones o mundos me parecía ridícula.

—No veo cómo podría detenerla destruir la señal de la autovía. Cualquier bruja que se precie sabe rastrear un vórtice de energía.

—Solo si está lo suficientemente cerca como para percibirlo. Por eso estoy en contra del turismo, Cen. He hecho todo lo que he podido para mantenerla alejada, pero no ha sido suficiente. Ahora es demasiado tarde —sollozó, esta vez con lágrimas reales—. El gran complejo Travel Unraveled de Tonya convertirá a Westwick Corners en Las Vegas de mundo mágico. Una parada más del itinerario sobrenatural.

—Todo lo que existe hoy será destruido y asfaltado. Me encanta este sitio, Cen. Preferiría morir antes que ver como arruinan nuestro pequeño fragmento de paraíso.

Nunca había visto a la tía Pearl tan afectada, pero no es que estuviera muy cuerda.

—Pero, en todo caso, lo que Travel Unraveled hubiera hecho habría sido revitalizar el pueblo. Atraería a más gente aunque fuera promocionando el vórtice. Saldríamos ganando todos.

—Un complejo para brujas, Cen. Todo el mundo sobrenatural se cernirá sobre nosotras. Nuestro pueblo es demasiado frágil para alojar a tantos seres sobrenaturales. Será una pesadilla. No tienes idea de lo malo que puede llegar a ser.

—Pero los otros complejos de Travel Unraveled no son para brujas.

La tía Pearl me miró y negó con la cabeza.

—Tienes tanto que aprender, Cen... Espero que no sea demasiado tarde.

CAPÍTULO 16

Mantuve la promesa que le había hecho a mamá y escolté a la tía Pearl hasta el hostal antes de irme a casa. No podía asegurar que se quedara allí, pero era lo único que podía hacer. Después de todo lo que me había contado, esperaba más problemas, sobre todo con la tía Pearl y Tonya bajo el mismo techo. Algo horrible estaba a punto de suceder.

Atravesé el jardín con pesadumbre hasta llegar a mi casa. Siempre me había gustado que mi casa del árbol estuviera apartada de la propiedad, pero esa noche el aislamiento me hizo sentir incómoda. Después de todo, un asesino andaba suelto.

Me alegraba que Hazel y la tía Pearl hubieran hecho las paces, pero también temía que las dos juntas pudieran desencadenar algo irreversible. Pensaba llamar a Hazel a primera hora de la mañana y que me explicara su visita y lo del extraño hombre de la glorieta. O corroboraría la versión de la tía Pearl, o les cogería la mentira a las dos. El atacante de la capucha negra corriendo por el césped podía ser una invención, pero no tenía más hilos de los que tirar.

Cuando llegué a la entrada ya estaba medio dormida. Había sido un día muy largo. Ascendí por la escalera de caracol de madera que llevaba a mi casa. La casa estaba edificada sobre un enorme roble. A lo largo de los años, la estructura original había sido modificada y ampliada sobre las ramas más fuertes. El árbol también había crecido, de hecho, una de las ramas lo había hecho dentro del comedor.

Reflexioné sobre lo que había comentado la tía Pearl de que Sebastien Plant quería el divorcio. Eso le daba a Tonya un móvil para el asesinato. Pero si ella había cometido el crimen, no lo había hecho sola. Sebastien era el doble de su tamaño, para empezar.

Recordé una vez más la nota de la escena del crimen. Pude visualizar las palabras en mi mente como si la tuviera delante. Repasé las primeras líneas y cuando subía el último tramo de la escalera.

Aunque a muchos lugares has ido,
tendrías que haberte escondido,
negociabas con Travel Unravelled,
pero aquí para ti no hay hospedaje.

Me quedé petrificada al volver a ver la ortografía británica.

Hazel era británica.

La tía Pearl no.

La visita de Hazel coincidía con el asesinato. Aunque parecía incapaz de matar, no la conocía tan bien. Al fin y al cabo, puede que sí que fuera culpable.

Me estremecí y abrí la pesada puerta de madera. Al cruzar el umbral, decidí olvidarme de todo por esa noche. Estaba que me moría de sueño y ya era tarde. Por lo menos en las próximas horas podría escaparme a mi castillo de cuento de hadas y olvidar el resto del mundo. Lo único que quería era meterme en la cama y cerrar los ojos. Los problemas seguirían estando ahí mañana.

Vi un borrón blanco y negro cuando Alan corrió hacia la puerta moviendo la colita de *border collie*. Por lo menos alguien se alegraba de verme. Sentí una punzada de culpabilidad cuando me condujo a la cocina y me mostró el plato vacío con el morro.

Le había dejado comida cuando me había ido temprano por la

mañana, pero no esperaba llegar tan tarde. Pobre Alan. Le llené el bol de comida y el de agua y le vi devorar la cena mientras seguía pensando en Hazel. La última vez que la había visto había sido hacía un mes, cuando discutió con Pearl.

Alan me dio la excusa perfecta para contactar con ella. Podía suplicarle que devolviera a Alan a su forma humana, y, de paso, descubrir su paradero a la hora del asesinato.

—¡Gracias a Dios! ¡Por fin en casa!

Una aparición fantasmagórica levitaba en la puerta de la cocina.

Se me paró el corazón hasta que recordé que abuela Vi, también conocida como Violet West, se había mudado a mi casa el día anterior por la tarde tras grandes protestas. Su antigua habitación era ahora una habitación de huéspedes del hostal. Éramos compañeras de piso temporales hasta que me mudara con Brayden en unas semanas. A ninguna de las dos nos gustaba la situación, pero no teníamos elección.

—¿Me estabas esperando despierta?

La idea me causó ternura.

—No seas tonta, Cen. Los fantasmas no duermen —resopló la abuela Vi—. ¿Dónde tienes las toallas? No encuentro nada en este caos. Eres un desastre.

—Y tú eres un fantasma, ¿para qué quieres una toalla?

La abuela Vi había fallecido dos años antes y desde entonces estaba incordiando. En todo ese tiempo nunca había pedido una toalla. Sospeché que solo buscaba una excusa para fisgonear entre mis cosas sin que la viera. Tampoco es que los fantasmas fueran muy discretos.

La abuela Vi suspiró y negó con la cabeza.

—No lo entenderías. Tu mente está igual de desordenada que esta casa. No hay nada en su sitio.

—Las toallas están en el armario de la ropa de cama.

—No pienso meterme ahí.

La abuela Vi se cernió sobre mí y me bloqueó el camino. Se me escapaba el motivo por el cual un fantasma que podía atravesar paredes le tenía miedo a un armario.

—Haz lo que quieras. ¿Algo más?

Lo único que quería eran unos minutos de paz y tranquilidad para relajarme antes de meterme en la cama.

—Ese armario es un desastre. Puede que al fin y al cabo hayas escogido la profesión perfecta para ti.

—¿Qué quieres decir con eso?

Después de una jornada frustrante con el ensayo de la boda, las travesuras de Pearl, la inauguración del hostal y, por supuesto, el asesinato de Plant, solo quería meterme en la cama y dormir. Me di la vuelta para pasar por el lado de la abuela de Vi.

Ella se negó a dejarme pasar, aunque técnicamente pudiera atravesarla prefería respetar a mis mayores, aunque ellos no me respetaran a mí.

—Tienes muchas preguntas, pero nunca tienes respuestas. ¿No se supone que los periodistas deberían tener de las dos? —Bajó las manos y se hizo a un lado para dejarme pasar—. Tú estás pensando en un hombre, y no precisamente en Brayden.

La abuela Vi es, o era, una bruja como todas nosotras, pero desde que se convirtió en fantasma podía leer la mente. Estaba tan cansada que había bajado la guardia y había olvidado bloquear mis pensamientos. Ni siquiera me había dado cuenta de que estaba pensando en él.

No era difícil imaginar el musculoso cuerpo que Tyler Gates escondía bajo el uniforme de sheriff.

—Es el nuevo sheriff. Ha empezado hoy —dije con la voz más inocente que pude. No sabía si la abuela Vi veía las imágenes de mi cabeza o solo las palabras, pero daba escalofríos pensar que podía leer incluso mis pensamientos más íntimos—. Tenemos un asesinato entre manos.

Le relaté el encuentro de la glorieta, incluyendo la varita de Pearl. Omití los comentarios de mi tía sobre Tonya y los planes del complejo porque no quería enfadarla.

La abuela Vi me siguió mientras me quitaba los zapatos y bajaba hasta el comedor.

—Será mejor que vaya a hacer un reconocimiento.

Parecía impaciente por hacer algo.

—No, abuela. Déjaselo a la policía. —Cambié de tema—. A mamá le preocupa que afecte al hostal.

La abuela sonrió.

—Puede que, después de todo, recupere mi habitación.

—Lo dudo.

Si el asesino acababa con nuestro negocio antes de abrirlo, nunca recuperaríamos los gastos de la reforma. El único modo de que la abuela Vi se quedara en el hostal era compartiendo habitación con la tía Pearl, pero sus disputas atraerían demasiado la atención y la abuela Vi deambularía asustando a los huéspedes.

Cambié de tema.

—El hostal está precioso. —Nos habíamos dejado la piel para hacer la restauración lo más auténtica posible, desde las vidrieras hasta el suelo de abeto—. Lo hemos dejado como nuevo.

—No tenía ni idea —sollozó—. Me habéis desterrado, estoy atrapada en este estúpido árbol. Eso es acoso.

—Es lo mejor para todos, abuela. Necesitamos una forma de ganarnos la vida y esto es todo lo que tenemos. Podrás visitar el hostal cuando se hayan ido los huéspedes. Está como en los viejos tiempos, como cuando tú vivías allí.

—¿Cuántos años crees que tengo? ¿Tan vieja crees que soy? Este sitio ya era antiguo cuando yo vivía en él.

Incluso muerta, la abuela Vi se ofendía si se insinuaba su edad.

—No eres vieja, solo más mayor que yo.

Entré al comedor.

—Bueno, basta de margen de edad. Volvamos al asesinato. Es demasiado peligroso que te cases aquí, Cen. Deberías cancelarlo.

La abuela Vi y Brayden no se llevaban muy bien, pero ella estaba muerta para Brayden, ya que él no podía ver fantasmas. Así que en realidad era ella la que no se llevaba bien con él.

—No voy a cancelar la boda. ¿Por qué iba a hacerlo?

Al menos la abuela no había leído sobre eso en mi mente. Me dejé caer en el sofá, exhausta.

Se encogió de hombros.

—La esperanza es lo último que se pierde.

Se materializó gradualmente mientras flotaba por la habitación y se inclinó sobre mí.

Relaté el resto de eventos del día, incluyendo el acto pirotécnico de la tía Pearl y su transformación en Carolyn Conroe.

—Tiene que comportarse antes de que otro sheriff abandone. No podemos vivir en una ciudad sin ley. ¿Puedes hablar con ella?

—Veré qué puedo hacer. Háblame del nuevo sheriff.

Describí el enfrentamiento que había tenido lugar en mi oficina y la reticencia de la tía Pearl a aceptar la multa.

—Parecía mantenerse firme ante ella. No puede ir quemándolo todo cuando las cosas no salen como a ella le gusta.

Tyler Gates había sido el primer sheriff que le había plantado cara a la tía Pearl. Después de todo quizás durara.

La abuela vi suspiró.

—Dile a Pearl que venga a verme.

CAPÍTULO 17

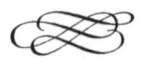

Acababa de dormirme cuando un ladrido me despertó desde el otro lado de la ventana.

—Despierta, Cen —dijo la abuela Vi. Agitaba sus brazos translúcidos ante mí—. Abre la puerta, Alan está fuera.

Me asomé por la ventana y vi a Alan correteando en círculos y aullando. No recordaba haberlo dejado fuera.

Alan gruñó y corrió hacia la viña, cambió de sentido y volvió a la ventana. Nos miró con ojos de cordero degollado.

—No veo en la oscuridad. Espera un momento. —Me levanté, cogí una linterna de la mesita de noche y fui hasta la puerta. La abuela Vi flotaba por detrás de mí. Alan entró en la casa en cuanto abrí—. Ojalá pudieras hablar.

Alan sacudió su cuerpo perruno y me miró gimoteando.

—¿Qué pasa?

Se me rompió la voz al pensar que había perdido la oportunidad de que Hazel le devolviera a Alan su cuerpo por no haber llegado unas horas antes. Me sentí mal por mi hermano.

Alan correteó antes de entrar al comedor.

—Quiere que te asomes a la ventana.

Al parecer la abuela Vi también podía leer mentes de perro, o al menos de humanos atrapados en el cuerpo de un perro.

Le seguí al comedor con la abuela Vi flotando por detrás. Me acerqué a la ventana y abrí las cortinas. Se veía todo el viñedo. Las nubes cubrían parcialmente la luna, concediéndole a la noche un brillo nebuloso. Con la luz que había solo se veía la silueta del viñedo y poco más.

—No veo nada. —Alan subió de un brinco al sofá y me dio un empujoncito con el hocico en el brazo—. ¿Allí?

Me giré hacia la derecha y vi a dos figuras al borde del viñedo a pocos metros. Estaba demasiado oscuro para distinguir sus facciones, solo se veía que eran dos hombres de constitución delgada.

—¡Es Brayden! ¿Qué demonios hace en nuestros viñedos? Ese joven nunca me inspiró confianza. Seguro que no trama nada bueno.

Forcé la vista pero seguía sin ver nada.

—Tienes que revisarte la vista, Cen. O quizás es que no quieres aceptar la verdad sobre tu prometido.

—¿Qué verdad?

Brayden nunca había tenido una palabra desagradable con la abuela Vi. No sabía por qué le caía tan mal.

La abuela Vi me ignoró.

—¿Qué hace Brayden con ese chico?

—No veo nada...

Seguí forzando la vista pero solo pude ver sus siluetas recortadas contra la oscuridad.

—Están dando pasos como en un duelo del oeste.

La idea de que Brayden se batiera en un duelo en medio de la noche en los viñedos era ridícula, pero cuando la vista se me ajustó a la oscuridad, vi que la abuela tenía razón. Reconocí su andares lentos y decididos. Caminaba en línea recta, contando los pasos cuidadosamente.

—Están midiendo el terreno, Cen. Es lo que se hace antes de urbanizar una propiedad.

—¿En serio? —No parecía un método muy fiable para medir

terrenos en estos tiempos—. Mientras no den veinte pasos para batirse en duelo me parece bien.

Recordé lo planes de desarrollo de Centralex de la habitación de Tonya y tuve un mal presentimiento. Todavía no quería contárselo a la abuela Vi. Me aparté de la ventana y volví a mi habitación donde me esperaba mi cama.

—Un momento, Cen. Espero que no haya más cosas que no me estés contando —suspiró—. Ya es bastante horrible ser echada de mi casa y exiliada a esta desordenada cabañita. Supongo que incluso este árbol será cortado para asfaltar. Me quedaré sin hogar.

Su imagen parpadeó como ocurría cuando estaba realmente enfadada.

—No ocurre nada de eso —dije—. Deben de haber salido a tomar el aire.

Pero el paseo nocturno de Brayden me parecía sospechoso. Evitaba hacer ejercicio siempre que podía, incluyendo los paseos. No hacía nada sin un motivo. La abuela Vi tenía razón. Aquí había gato encerrado.

—Ahí está el otro.

La abuela Vi señaló a un hombre a unos quince metro de Brayden. Cambió de sentido y volvió hacia Brayden. Cuando llegó junto a él se veía claramente que era unos centímetros más alto y que tenía el pelo largo hasta los hombros. No era nadie del pueblo ni nadie que yo conociera.

—Definitivamente están midiendo algo. A mí tampoco me gusta.

No había ningún motivo por el que Brayden debiera estar enseñándole a un extraño nuestra propiedad.

Alan gruñó dando a entender que estaba de acuerdo y se tumbó en el suelo.

La abuela lo miró con cariño.

—Pobrecillo, debes de estar agotado.

Fui a la cocina y abrí la nevera. Encontré un hueso para que Alan pudiera masticarlo.

—Mañana le preguntaré a Brayden.

Justo antes de partirle el corazón. Pensar en ello me devolvió mi mal humor. De repente se me había pasado el sueño.

—Una cosa más, Cen.

—¿Y ahora qué?

—Conozco tu secreto. —La abuela se burló de mí como si fuera una adolescente en el día de San Valentín—. Estabas soñando con él.

—¿Te metes en mis sueños?

Mi nueva compañera de piso estaba sobrepasando los límites, y eso no me gustaba ni un pelo. Podía aguantarlo un par de semanas, pero si cancelaba la boda, podría convertirse en algo permanente. Teníamos que establecer unas normas de convivencia.

—Te gusta alguien y no es Brayden.

Cotilleaba como una colegiala.

—No sé de qué me hablas.

Cerré los ojos e intenté ignorarla.

—El sheriff nuevo es muy mono. ¿Por qué no te enrollas con él?

Me dedicó una sonrisa fantasmagórica.

Sentí cómo se me encendían las mejillas. No iba a enrollarme con nadie, no quería hablar de Tyler Gates. La tracción física que sentía hacia él era algo natural para cualquier mujer americana, ¿verdad? Me dije que lo era, pero no podía sacármelo de la cabeza. Cuando el sueño me atrapó, mis pensamientos se centraron en la boda. Solo que esta vez, el novio no era Brayden Banks.

CAPÍTULO 18

Me desperté justo antes de las siete, agotada tras una noche de dormir poco. Abrí una lata de la comida favorita de Alan y le serví una ración doble como compensación por haber llegado tarde a casa el día anterior. Me prometí convencer a Hazel para que volviera y arreglara las cosas con mi hermano.

Mi estómago rugió cuando olí la comida de perro. Me apetecían cafeína, huevos y tostadas. Como fantasma, la abuela Vi no comía, así que decidí ir al hostal a desayunar. Un copioso desayuno era todo lo que necesitaba para que fluyeran mis dotes de investigadora.

Miré a Alan que ya había devorado su comida y me esperaba impaciente en la puerta. Le dejé salir mientras recapitulaba los eventos de la noche anterior.

La visita secreta de Brayden me preocupaba y me recordó los comentarios de la tía Pearl sobre Tonya. No creía que Brayden y Tonya se conocieran, pero su mutuo interés por nuestra propiedad no podía ser una coincidencia. Tenía que llegar hasta el fondo del asunto.

Dejé a la abuela Vi y a Alan vigilando la casa y prometí volver en unas horas. Ninguno de los dos podía coger el teléfono, así que tenía más razones para volver esa misma mañana. Convencí a la abuela Vi de que Alan necesitaba compañía. Era el único modo de que se quedara en la casa del árbol. Con todo lo que estaba pasando, la abuela Vi se moría por ir al hostal, pero eso solo complicaría más las cosas.

Pasé por los viñedos y crucé el jardín de camino al hostal. El corazón me dio un brinco cuando vi el deportivo de Tyler Gates en el aparcamiento. Me recoloqué el pelo y me arrepentí de haberme puesto una camiseta ancha, pantalones cortos, deportivas y de no haberme maquillado un poco. Tenía una extraña sensación en el estómago, algo que no recordaba haber sentido nunca.

Ralenticé el paso y revisé mis tareas pendientes para el día. Tenía muchas cosas que hacer. Lo primero era investigar lo que había dicho la tía Pearl sobre el vórtice y sobre que Tonya era en realidad una bruja. Los planes de desarrollo probaban que tenía un ojo puesto en nuestra propiedad, pero eso no la convertía en asesina.

Lo siguiente era hablar con Hazel. Su visita coincidía con la de Sebastien y Tonya, cosa que era muy sospecha teniendo en cuenta su triángulo amoroso. ¿Habría venido Hazel por algún asunto de la AIAB como había dicho la tía Pearl o por motivos personales? Yo apostaba por lo segundo. Además estaba enfadada con ella. Si se había reconciliado con la tía Pearl, lo menos que podía hacer era revertir el hechizo de Alan.

Resumiendo, iba a llevar mi propia investigación en paralelo con la de la policía. Solo que yo me centraría en los elementos sobrenaturales mientras que el sheriff en los mortales. Él no conocía la maldición.

La clave para las dos investigaciones era encontrar al encapuchado. No tenía por dónde seguir, pero tenía por dónde empezar. Quizás podía presionar al sheriff para obtener más información sobre el encapuchado como pretexto para una noticia. Esperaba que me creyera.

Mientras tanto, la tía Pearl seguía incriminándose. Lo más importante era tachar al sospechoso número uno, la misma tía Pearl. Si podía confirmar su coartada con Hazel, estaba bastante convencida de que podría encaminar la investigación en la dirección correcta. Hazel no era tan evasiva como la tía Pearl, así que, si cooperaba, podría eliminarlas a las dos como sospechosas.

Siempre que fueran inocentes, por supuesto.

No creía que la tía Pearl estuviera involucrada, pero la única forma de encaminar la investigación hacia el verdadero asesino era encontrar una pista, ya fuera sobre Tonya, sobre el encapuchado o sobre alguien más. Una buena pista sacaría a mi tía del punto de mira y aseguraría que se hiciera justicia con el verdadero asesino.

Y por último, pero no menos importante, tenía que hacer lo que fuera necesario para que Tyler Gates se quedara en el puesto. No quería que el sheriff abandonara la ciudad, pero lo sobrenatural podía ser demasiado para él.

La revelación de la tía Pearl sobre Tonya le daba al caso una nueva perspectiva. El mundo mágico era pequeño, pero aun así nunca había visto ni había oído hablar de Tonya. Tenía que indagar en su pasado.

Estaba tan perdida en mis pensamientos que choqué con la tía Pearl por el camino.

—¡Eh! —La tía Pearl se balanceó sobre una pierna antes de recuperar el equilibrio—. ¡Mira por dónde vas!

—Perdón.

Miré hacia las ventanas del hostal, esperando que nadie, sobre todo el sheriff Gates, se hubiera dado cuenta de la agilidad de la tía Pearl. Sería difícil de explicar que usara la varita como bastón si había visto nuestra colisión y sus movimientos avanzados de yoga.

—Hora de ir a clase —me dijo para que la siguiera.

—¿No puedes esperar a que acabe de desayunar?

Me arrepentí de la promesa que había hecho por la noche, pero no podía hacer mucho al respecto. Estaba atrapada.

La tía Pearl negó con la cabeza.

—Tiene que ser ahora. Tengo información nueva sobre Tonya.

Se me aceleró el corazón y me imaginé lo peor.

—No me digas que has vuelto a colarte en su habitación.

—No exactamente.

—¿Puedes ser un poco más específica?

La tía Pearl miró a su alrededor para asegurarse de que nadie nos escuchara.

—Aquí no. Sígueme.

CAPÍTULO 19

Una hora después me sentaba en primera fila en una aula de la Escuela de Encanto Pearl. Me esforzaba por no dormirme y por controlar mi temperamento. Tenía falta de sueño y un hambre voraz, y mi abstinencia involuntaria de cafeína me producía dolor de cabeza.

No estaba más cerca de descubrir las revelaciones de la tía Pearl sobre Tonya. Se había negado a darme ningún detalle hasta que no terminara mi primera clase de magia. Otro de sus trucos.

La tía Pearl golpeó la pizarra con la varita.

—Y así es como se revierte un hechizo. ¿Entendido?

Asentí, aunque estaba tan distraída con mi lista de cosas que hacer que me había perdido algunos pasos.

—A ver cómo lo haces.

Fruncí el ceño.

—¿Podemos hacerlo después? Deberíamos centrarnos en resolver el asesinato de Plant.

—Nada de eso, señorita. Ahora o nunca.

Cogió el extremo de la varita con la otra mano.

—Tienes que devolver la varita, tía Pearl. Es una prueba.

—No lo es. Es mi varita de repuesto.

—Pero anoche dijiste que la habías cogido del armario de las pruebas.

—No dije nada parecido. Tú lo pensabas y yo no me molesté en corregirte. Toda bruja que se precie tiene un repuesto. Siempre hay que tener un plan B.

—Te lo estás inventando para que deje de insistirte. Tienes que devolvérsela al sheriff, tía Pearl.

—No sé de qué hablas. —Pestañeó—. Esta varita ha estado aquí todo el tiempo.

—Sé que no tienes dos varitas. Lo que no entiendo es porqué te inventas cosas.

La tía Pearl negó lentamente.

—Al principio pensé que la de la glorieta era mi varita. Pero no lo era, solo una réplica perfecta. Mi varita siempre ha estado aquí.

—No te creo.

—Piénsalo, Cen. Claro que tenía mi varita. Si no, ¿cómo habría podido convertirme en Carolyn Conroe anoche?

—La pregunta es porqué tuviste que transformarte, en primer lugar.

—¡Por fin! Creía que nunca me lo preguntarías. Tenía que distraer a Tonya mientras Hazel se ocupaba de unos asuntos.

No me gustaba donde estaba yendo todo el asunto.

—¿Qué estaba haciendo Hazel exactamente?

—Salvar el pueblo de Westwick Corners de la ruina y la destrucción.

—Te estás pasando de dramática.

Me levanté para irme pero la tía Pearl me indicó que me volviera sentar.

—Tonya ha preparado una poción para hechizarnos a mí, a Ruby, a Amber y a ti. Tiene planeado usarla en el desayuno. Por eso tenía que interceptarte.

—¿Y qué hay de mamá? Está en el hostal preparando el desayuno sola. Deberíamos advertirla.

—Tranquila, ya está al tanto de todo.

Seguía sin tener sentido para mí.

—¿Por qué querría hechizarme a mí? No soy propietaria.

Entendía que tuviera como objetivos a mi madre y a mis tías, pero yo no tenía ningún interés en la propiedad.

—No, pero Tonya sabe que eres bruja. Tienes influencias. Tiene que neutralizarte para que no puedas deshacer su hechizo. Esa es la otra razón por la cual estás aquí. Si vas a defendernos tienes repasar tus habilidades mágicas.

Se me formó un nudo en la garganta.

—¿Defenderos de qué?

—La poción de Tonya nos privará de nuestra voluntad. Estaremos completamente a sus órdenes, sin poder pensar ni tomar decisiones por nosotras mismas. Nos obligará a firmar para vender nuestra propiedad por una miseria. Nos quedaremos sin dinero y sin casa.

—Hoy en día no se pueden hacer esas cosas tías Pearl. Tiene que haber una escritura de compraventa y una transferencia de título. No funcionará.

La tía Pearl puso los ojos en blanco.

—No te distraigas con todos los asuntos burocráticos. Hará que parezca normal, pero en realidad no será eso lo que ocurra. Y eso no es lo peor. Una vez perdamos nuestra voluntad y habilidad de tomar decisiones nos obligará a tomar la elección final: renunciar a nuestros poderes.

—Eso no es posible. Nacimos con ellos.

—Sí, pero como tenemos libre albedrío, siempre podemos elegir renunciar a ellos. —Me miró directamente a los ojos—. Más o menos lo que tú has estado haciendo al esconder tus habilidades. O los usas o los pierdes, Cen. Tonya lo tiene todo controlado. Excepto que todavía no sabe lo que encontramos en su habitación ayer por la tarde.

—¿Te refieres a los planos? —Rememoré nuestra visita a la habitación de los Plant y me di cuenta de que la tía Pearl sabía demasiado bien lo que había allí—. Habías estado unas cuantas veces antes de ir conmigo, ¿verdad?

—No.

La tía Pearl sonrió de forma engreída.

—A veces no te entiendo. Dijiste que no querías a Tonya aquí, pero es casi como si la hubieras atraído. Sabes mucho más de lo que dices y me gustaría que fueras más clara. Si no se lo dices al sheriff, al menos dímelo a mí para que pueda ayudar.

—Tuve que recurrir al plan B —dijo la tía Pearl—. Ya sabes lo que decía Confuncio: mantén a tus amigos cerca y a tus enemigos aún más cerca. Registré a los Plant a primera hora para poder tener un ojo vigilando a Tonya.

—Dudo que Confuncio se refiriera a que invitaras al desastre, pero bueno.

Lo único bueno era que si de verdad la tía Pearl había estado vigilando a Tonya, al menos podría verificar sus declaraciones.

La tía Pearl se sacó un ticket arrugado del bolsillo y me lo tendió.

—Mira esto. Estaba en el vestidor de la habitación de los Plant.

El recibo de un supermercado de Shady Creek que databa del jueves a las 23:15. Los artículos que habían comprado incluían guantes de látex y bolsas de basura, todo pagado en efectivo.

—¿Lo cogiste de la habitación de Tonya?

La tía Pearl asintió.

—En realidad lo cogió Hazel. Ahora tenemos que dárselo al sheriff sin que parezca que cooperamos.

—¿Tenemos? —Si de verdad era una prueba, la tía Pearl la había alterado al sacarla de la habitación de Tonya—. Se trata de un asesinato, tía Pearl. Es mucho más importante que tu disputa con el sheriff. Dásela tú misma.

El sheriff estaba al corriente de la hora de llegada de Tonya y Sebastien Plant, pero si consideraba a Tonya sospechosa o no era otra cosa. En realidad me sentía mal por él, mi tía estaba escondiendo pruebas a propósito.

—No, quiero que se los des tú —sentenció dejando el recibo en mi mesa.

—¿Por qué yo?

—No soporto ver a ese hombre.

Estaba perdiendo la paciencia, pero alguien tenía que darle la prueba, y pronto. Esos artículos comprados juntos tenían un aire muy siniestro.

—Vale, yo lo haré.

Si la tía Pearl tenía razón con Tonya no había tiempo que perder.

CAPÍTULO 20

Teniendo en cuenta la moda sobrenatural, la tía Pearl era de lo más normal, aunque al resto del mundo le pareciera lo contrario. Las brujas a menudo exageraban lo ordinario y minimizaban los grandes acontecimientos. Este era uno de esos momentos y me temía un gran desastre.

—Has destruido la cadena de custodia al coger la prueba, tía Pearl. Eso no es bueno.

—En eso te equivocas, Cen. Quizás no sea bueno en un tribunal mortal, pero tenemos la prueba que necesitamos para conseguir un juicio sobrenatural. Y ese es el que vale.

No estaba muy de acuerdo. Los tribunales de Washington eran muy reales, y la tía Pearl sería declarada culpable sin ninguna duda.

—Porque ya habías robado antes.

—La varita es mía, Cendrine. ¿Cómo podría robar algo mío?

Estábamos dándole vueltas a lo mismo. La tía Pearl quería confundirme para que cambiara de tema, pero no iba a funcionar.

—¡Ajá! Sí que la robaste después de todo. —Dejé escapar un suspiro exasperado— ¿Cómo puedo ayudarte si no cooperas?

La tía Pearl se miró lo pies sin decir nada.

—Dime la verdad, tía Pearl. Te prometo que no te delataré a la AIAB.

La tía Pearl siempre desafiaba los límites de las normas de la AIAB. Avergonzaba constantemente a la tía Amber, que sentía que su falta de respeto por las reglas ensuciaba la reputación de la familia West.

—¿Delatarme por qué? No he hecho nada.

La tía Pearl batió los párpados y me ofreció su mirada más inocente.

—Me estás ocultando algo. Lo sé por tu expresión.

—Eso es ridículo.

Saqué el móvil.

—Perder una varita es algo muy serio, sobre todo si cae en manos de alguien que no sea una bruja. Voy a llamar a la tía Amber y le voy a contar lo que ha pasado. Ella sabrá que hacer.

—Cen, espera. —La tía Pearl se colocó delante de la pizarra—. Por favor, no llames a Amber. No lo hagas. Me lanzará el libro a la cara.

Volví a guardar el móvil.

—Empieza a hablar. Dime cómo acabó tu varita en la escena del crimen.

—No tengo ni idea. Debe de ser un duplicado, una varita falsa. Tienes que creerme, Cen, esa no es mi varita.

Eso tenía fácil comprobación.

—Llamaré al sheriff Gates para que me lo confirme. Si dices la verdad, aún tendrán la varita falsa en la comisaría.

No tenía ninguna intención de llamarle, pero la tía Pearl no lo sabía.

—No, espera. Yo estaba en la glorieta esperándoos a ti y a Ruby. Lo vi todo.

—Creía que mamá y tú habíais llegado juntas.

—Eso fue después. Volví al hostal después de la pelea —explicó la tía Pearl—. Fui a la glorieta unos minutos antes porque quería practicar algo de magia antes de que llegaran los demás. Vi como pasaba.

—¿Viste al asesino?

—Sí —susurró y su cara se volvió de un pálido fantasmal—. Creí que era una simple pelea. No sabía que había muerto.

—Pero cuando supiste que era un asesinato, no se lo contaste al sheriff. ¿Por qué? —De repente caí en que también lo había mantenido en secreto a otra persona—. ¿Tampoco se lo contaste a mamá, verdad? Volviste al hostal y la trajiste de vuelta contigo sabiendo que había alguien herido o muriendo en la glorieta.

—No, Cen. —La tía Pearl frunció el ceño—. No sabía que alguien había muerto. Vi a dos hombres peleándose, así que me escondí detrás del arbusto de laurel. Cuando se apagaron los gritos vi a un hombre alejándose. Supuse que el otro ya se había ido. No tenía ni idea de que seguía allí, mucho menos muerto. Si lo hubiera sabido habría intentado ayudar.

Esta vez la creí.

—¿Cómo era ese hombre?

—No me acuerdo. Pasó todo muy rápido.

—Pero estabas allí.

La tía Pearl asintió. Una lágrima se deslizó por su mejilla.

—Entonces no hay nada de lo que preocuparse —dije.

—¿Cómo?

—Podemos hacer un hechizo de reversión y descubrir la verdad.

—Oh.

Mentía de nuevo.

—No estabas allí, ¿verdad?

—No exactamente. Ayer hubo un robo en la escuela. —Señaló el cristal roto de la puerta—. Alguien me robó la varita cuando estaba en el baño. Lo seguí hasta la glorieta, pero era demasiado tarde.

Me imaginé a la tía Pearl corriendo detrás de un delincuente. Tanto eso como las probabilidades de que alguien entrara y saliera del pueblo eran ínfimas, pero también lo eran las del asesinato.

—¿Por qué no lo dijiste antes? ¿Cómo era el intruso?

Su expresión asustada me dio a entender que esta vez decía la verdad. Dejar una varita desatendida era algo totalmente prohibido por la AIAB. Supuse que mi tía lo había ocultado para evitar la reacción y la multa de la AIAB.

—No lo vi bien, Cen. Pero era un hombre con una capucha negra. Es la verdad. Solo lo vi por detrás.

—¿Alto, bajo, gordo, delgado? Al menos tienes que saber eso.

—No sé, tal vez unos centímetros más bajo que Sebastien Plant.

Sebastien Plant medía cerca de 1.90, así que el otro mediría alrededor de 1.80.

—Bueno, lo seguiste hasta la glorieta. ¿Y luego qué?

—Sebastien Plant ya estaba allí. Discutió con el encapuchado. Forcejearon y de repente Plant cayó al suelo.

Recé para que no mintiera de nuevo.

—¿Sobre qué discutían?

—No estaba lo bastante cerca como para oír lo que decían. Como ya te he dicho, cuando escuché la pelea, me escondí tras los arbustos.

Se me vino a la mente una imagen de la tía Pearl escondiéndose entre los arbustos.

—¿Ni un fragmento de la conversación?

—Nada de nada.

Oído selectivo. Algo extraño teniendo en cuenta nuestras habilidades sobrenaturales para amplificarlo todo...

Sebastien Plant era lo suficientemente conocido como para que todo el pueblo supiera que era nuestro invitado de honor. Cualquiera en contra del turismo podría querer ajustar cuentas con él. Como la tía Pearl.

—¿Qué pasó luego?

—Huyó.

—Le verías la cara al girarse hacia ti.

La tía Pearl negó.

—Lo oí marchar, pero no podía ver bien desde mi escondite entre los arbustos. Esperé unos minutos y volví corriendo al hostal. Tenía tanto miedo que olvidé recuperar la varita. No puse un pie en la glorieta, así que no sabía que Plant no se había vuelto a levantar.

Fruncí el ceño. La tía Pearl había estado en la glorieta cuando aparecí en el ensayo. Ella adivinó mi conclusión.

—Lo juro, Cen. No lo había visto hasta que caímos sobre él. Aunque acabo de recordar algo —dijo—. No podía entender a Plant porque arrastraba las palabras y se tambaleaba. Estaba aún peor que cuando llegó por la mañana.

El estado de embriaguez de Plant aumentaba las posibilidades de que un hombre de menor tamaño pudiera derrotarle, pero sin una descripción mayor era imposible acotar la lista de sospechosos.

Había algo que seguía sin cuadrarme.

—¿No volviste a por la varita?

Costaba creer que no la recuperara tras caer sobre el cuerpo de Sebastien Plant. Sabía que estaba allí y era algo muy importante como para olvidarlo. Estaba segura de que aún escondía algo.

Su varita era inútil para los demás, al menos en temas de brujería. A pesar de las sospechas de mamá, sabía que a cualquier otra bruja le habría costado desbloquearla y no se hubieran molestado en hacerlo. Y, aparte de nuestra familia, no había más brujas en Westwick Corners.

—Nunca vas a ningún sitio sin ella.

—Estaba asustada, pero aún no sabía que estaba muerto, Cen. Quizás solo inconsciente. Creía que, si decía algo, tendría más problemas con el sheriff.

—Pues bien, tienes problemas ahora. ¿Te das cuenta de que todo apunta a ti?

La tía Pearl no tenía coartada, su varita era el arma del crimen, y además tenía un móvil: detener el turismo a toda costa. Pero en el fondo sabía que ella no era una asesina—. Tenemos que encontrar un modo de contarle esto al sheriff omitiendo las partes mágicas.

—¿Vas a traicionar a tu propia sangre?

—No seas ridícula, tía Pearl. Tienes que admitir que esto no pinta nada bien. ¿Por qué no colaboras?

—¿Por qué debería hacerlo? Si no hubiéramos empezado a promover el turismo, aquel hombre aún seguiría vivo.

—Quizá sí, quizá no. Pero sí que sé algo seguro.

—¿El qué?

—Cuando sepan que somos brujas, la vida no será nada agradable.

CAPÍTULO 21

—*D*ime todo lo que sepas sobre Tonya. ¿Por qué nunca había oído hablar de ella?

Acabábamos de terminar la lección cuando me enteré de que solo era la primera de las setenta y siete perlas de sabiduría mágica a las que había accedido. No recordaba haber aceptado, pero no tenía ánimos para discutir con la tía Pearl. Necesitaba cafeína, y pronto.

La tía Pearl se cruzó de brazos y negó con la cabeza.

—Te has alejado del mundo mágico durante mucho tiempo, Cen. Cuando no te mueves en los círculos correctos, tiendes a perderte muchas cosas.

—Vale, de acuerdo. Prestaré más atención de ahora en adelante. —Estaba harta de los reproches de mi tía, pero empezaba a entender por qué no quería que ignorara mi herencia mágica—. Dime qué sabes de Tonya y Sebastien.

—Tonya no es una bruja muy poderosa. Probablemente nunca has oído hablar de ella por eso. Su ambición despiadada es lo más peligroso que tiene. Sebastien Plant estaba condenado desde que Tonya le puso el ojo encima. Tenía planeado casarse con él incluso antes de conocerle.

Sabía poco de la pareja, solo que se habían casado tras un romance fugaz. Sebastien Plant había pasado décadas construyendo Travel Unraveled, y ahí fue donde conoció a Tonya. Empezó a trabajar en la empresa con un contrato temporal y acabó casándose con él menos de un año después.

La tía Pearl golpeó la pizarra con la varita y borró lo que había escrito.

—Después de la boda, Tonya se involucró de lleno en Travel Unraveled. ¿Recuerdas la invitación que le enviaste a Sebastien Plant hace unos meses?

—Sí.

—Sebastien no estaba interesado, por eso no respondió. Tonya encontró la invitación meses después. Investigó sobre el pueblo y encontró registros históricos que hablaban del vórtice de energía de Westwick Corners. Llevaba años olvidado, pero la invitación reavivó el interés. Tonya pensó que Travel Unraveled podía expandirse aquí, pero Sebastien vetó la idea. Poco después de eso empezaron sus problemas conyugales.

—¿Cómo sabes todo eso?

Habría sido útil que hubiera revelado antes esa información.

—Me lo contó Hazel.

—Hazel mantenía una relación con él. Claro que iba a decir que tenían problemas matrimoniales. Probablemente exageraría el resto también. —Me levanté bruscamente de la silla. Había oído a alguien toser—. ¿Has oído eso?

La tía Pearl negó con la cabeza.

—No fue así como se enteró Hazel. Tonya fue a verla para proponerle que trasladara la sede de la AIAB a Westwick Corners, pero Hazel se negó.

—Creía que Sebastien había vetado la expansión. ¿Cambió de opinión?

Probablemente Tonya quería llegar a un acuerdo de expansión antes de convencer a Sebastien. Los vórtices de energía aumentaban la magia, lo que era bueno y malo a la vez. Lo que era seguro era que nuestra existencia dejaría de ser tan pacífica.

—No. Él no tenía ni idea de que Tonya era bruja, ni sabía nada de la AIAB.

Me resultaba curioso que Sebastien Plant desconociera la existencia de las brujas y que hubiera mantenido relaciones románticas con dos de ellas. Empezaba a hacerme una idea.

—Tonya quería apoderarse del pueblo en primer lugar, y después de la AIAB. Había seguido adelante aunque Sebastien no estaba de acuerdo. Quizás le hiciera cambiar de opinión o quizás...

—...se deshiciera de él —terminó la tía Pearl—. Por eso Tonya le dijo a Sebastien que había aceptado la invitación accidentalmente meses después de que la enviaras. O al menos, eso es lo que Sebastien le contó a Hazel. Era una excusa para investigar el lugar. Y un lugar donde matar a su marido. ¿Qué mejor escena que un pueblecito para acabar con su marido y culpar a otra persona?

Asentí.

—Cree que la policía de un pueblecito no será capaz de llevar a cabo una buena investigación, y que nadie se preocupará mucho por un extranjero, ni siquiera por uno famoso.

Extrañamente, tenía sentido. Excepto por una cosa.

—¿Cuándo os reconciliasteis Hazel y tú?

Quizás Hazel había establecido la tregua para crearse una coartada o algo así.

La tía Pearl se encogió de hombros.

—¿Qué importa eso?

—Importa mucho. La implicación en un triángulo amoroso con la víctima le da a Hazel un móvil. Puede que no tenga ni coartada.

Recordé lo que había dicho la tía Amber de que la última vez que había visto a Hazel eran las seis de la tarde, hora de Londres, lo que significaba que en Westwick Corners era las nueve de la mañana. Ya que viajar era algo prácticamente instantáneo para las brujas, Hazel tenía los medios para matar a Sebastien, y su paradero a esas horas era desconocido. Otra sospechosa más.

Genial.

—Excepto que el asesino era un hombre, no una mujer —señaló la tía Pearl.

—¿Estás completamente segura de eso? Dijiste que no pudiste ver bien quién se escondía debajo de la capucha.

—Vi lo suficiente como para saber que se trataba de un hombre.

—Qué lástima que Hazel no esté aquí. Podría echarle un poco de luz al asunto.

—Pregúntame lo que quieras.

Hazel estaba en el umbral de la puerta, aparentando los setenta años que tenía. Llevaba un chándal casi idéntico al de la tía Pearl, excepto por las rallas brillantes que tenía a ambos lados del pantalón. Una boina negra descansaba sobre su cabello plateado. Supuse que esta vez no había alterado su apariencia.

—¿Qué haces aquí?

—Intento salvar el pueblo, lo mismo que Pearl. —Hazel golpeó el suelo de madera con su varita como si sacudiera las telarañas—. Hablando de eso, nos vendría bien tu ayuda.

CAPÍTULO 22

Todavía no me había recuperado de haber visto a Hazel. Ella y la tía Pearl estaban una al lado de la otra como amigas íntimas. Era evidente que habían dejado sus diferencias a un lado y habían vuelto a la normalidad. O al menos, lo que significaba normalidad para ellas. Me sentí aliviada porque hubieran acabado con la pelea que llevaban mese arrastrando.

—Hemos decidido dejar atrás el pasado —informó Hazel mientras miraba a la tía Pearl.

—Grandes noticias. Ya que estás aquí podrías devolver a Alan a su forma humana. Le haría mucha ilusión.

—Ya hablaremos de Alan después. Lo primero es lo primero. No tenemos mucho tiempo para detener a Tonya.

Sin embargo, yo tenía preguntas para Hazel que no podían esperar.

—¿Estuviste aquí todo el viernes?

Eso lo cambiaba todo, ya que Hazel había estado aquí a la hora del asesinato.

Hazel asintió.

—Estuve con Pearl desde las nueve y media de la mañana.

—Es mi coartada, Cen. No podía decírselo al sheriff porque Hazel me hizo prometer que no le diría a nadie que había estado en el pueblo.

Me alegré al ver que la tía Pearl tenía una coartada, pero me duró poco porque me di cuenta de que no significaba nada.

—Ambas tenéis un motivo para querer verlo muerto. Tú quieres acabar con el turismo y Hazel es, o al menos era, parte de un triángulo amoroso. Más que vuestras respectivas coartadas, podríais ser cómplices.

Hazel negó con la cabeza.

—Seb iba a dejar a Tonya por mí. No puede enterarse de que estoy aquí. Por lo menos hasta que la incapacitemos. Ahora es muy peligrosa.

—Creía que habíais dicho que no era una bruja muy buena. Seguro que podéis vencerla.

—Podemos, pero no podemos enfrentarnos a la opinión pública. Es muy buena manipulando hechos y poniendo a la gente, incluidas las brujas, de su lado. La gente no se da cuenta de que utiliza métodos sobrenaturales para conseguir sus resultados. Tenemos que conseguir que la culpen del crimen y necesitamos tu ayuda, Cen. Tienes que demostrar que es la asesina.

—¿Por qué yo? Hablad vosotras con el sheriff directamente. —No quería verme implicada en sus alocados planes—. Tía Pearl, tú les registraste. Si Sebastien estaba tan borracho, ¿qué hacía solo en medio de la noche?

—¿Sebastien borracho? —Hazel agarró a la tía Pearl del brazo—. Es imposible. No se acerca al alcohol por nada del mundo.

—Estaba completamente ebrio —refunfuñó—. Arrastraba las palabras y apenas se tenía en pía.

—Y aun así fue andando hasta la glorieta. Seguía borracho horas después cuando discutió y se peleó con el hombre misterioso. Si estaba en tal mal estado, ¿cómo consiguió llegar a la glorieta, en primer lugar?

La mayoría de borrachos simplemente se dormían o perdían el conocimiento.

—Tonya le hizo algo —dijo Hazel—. Tienes que hacer que el sheriff la investigue.

—No haré tal cosa. Tía Pearl, tienes que hablar con el sheriff. Le estás haciendo perder el tiempo con tus tácticas de evasión, y además te hacen parecer culpable.

Mi tía negó con la cabeza y miró expectante a Hazel. Era lo más raro de su relación. La tía Pearl nunca respondía ante nadie, pero respetaba inmensamente a Hazel.

—No estamos pidiendo que mientas —se explicó Hazel—. Solo tienes que encaminar la investigación en la dirección correcta y nosotras nos haremos cargo del resto.

—¿A qué te refieres con «el resto»?

Me preocupaba lo que pudieran hacer. Pero a veces el conocimiento era peligroso.

—No quieras saberlo, Cen. No preguntes, no contestes —dijo la tía Pearl.

Acepté a regañadientes llevar a cabo el plan en tan pronto como hubiera desayunado. Había algo claro. Tenía que llegar hasta el fondo del asunto antes que el sheriff Tyler Gates.

CAPÍTULO 23

Seguí a la tía Pearl hasta el comedor del hostal, todavía molesta por haber perdido casi dos horas de mi vida desde el inicio de las clases en la Escuela de Encanto Peral. Había obtenido resultados interesantes, pero a costa de mi desayuno. Tenía un hambre voraz y estaba dispuesta a cometer un delito por una dosis de cafeína.

Si lo que decían la tía Pearl y Hazel sobre la poción de Tonya era verdad, no podía arriesgarme a desayunar en el comedor. Mi estómago rugió en señal de protesta.

Me metí la mano en el bolsillo y rocé el ticket de Walmart. Repasé los objetos mentalmente y me detuve un instante en el anticongelante. El componente principal del anticongelante era el etilenglicol, una sustancia tóxica que también resultaba ser alcohólica. Era una forma letal de alcohol, pero probablemente producía los mismos efectos que un exceso de bebida.

Sebastien Plant no bebía alcohol, pero quizás hubiera ingerido anticongelante sin ser consciente de ello. Pensé en la papelera de la habitación de Plant. ¿Y si la botella medio vacía de limonada no era lo que parecía?

Sentía que el ticket me quemaba en el bolsillo, y me moría por entregárselo al sheriff. No quería seguir los pasos de la tía Pearl y ocultar pruebas, y menos una tan importante encontrada en la habitación de los Plant. Era una pista muy buena, ya que los establecimientos Walmart tenían cámaras. Aunque perdiéramos el ticket, las cámaras podrían guardar imágenes de Tonya.

La tía Pearl fue directa a la cocina y yo me dirigí al mostrador. Inhalé el delicioso aroma del café recién molido y me serví una reconfortante taza humeante.

Por fin.

Me tomé el café solo, bien fuerte, y analicé la cocina con la mirada. Casi me atraganté cuando vi al sheriff sentado en una mesa junto a la ventana. Iba hacia él para darle el ticket de Walmart cuando vi que no estaba solo.

Él me daba la espalda, pero frente a él se sentaba Tonya Plant. Su rostro era perfectamente visible. A simple vista, parecía que guardara el luto. No la habría mirado una segunda vez si no hubiera sido por las acusaciones de Hazel y de la tía Pearl.

Se secó las lágrimas con un pañuelo, pero aunque estaba a unos seis metros de mí, podía distinguir su maquillaje y su peinado perfecto. A juzgar por su lenguaje corporal, no se la veía afectada, ni siquiera parecía haber llorado. Y se había comido todos los huevos con bacon del desayuno. Cada persona llevaba el luto de una manera, pero pocas viudas recientes se hubieran terminado un desayuno tan copioso.

Intenté imaginar cómo me sentiría si le ocurriera algo a Brayden. Incluso habiéndome replanteado la boda, no podía imaginarme sentándome a desayunar si le ocurriera algo. Sentiría un dolor inconsolable, no sería capaz de hablar ni de actuar razonablemente. Definitivamente no estaría mojando pan en la salsa del plato.

Me rugió el estómago cuando recordé los planes secretos de Tonya de hechizarnos con una poción que nos privaría de nuestros poderes. No podía arriesgarme a comer nada que pudiera estar contaminado. Me congelé cuando me di cuenta de que podría haber alterado el café que me acababa de beber. Sentí escalofríos al pensar en Sebastien Plant y el anticongelante.

La cafetera estaba en el comedor, justo al lado de la puerta de la cocina. Cualquiera de los huéspedes podía acceder a ella fácilmente. Aunque Tonya no echaría la poción en el café si había más gente que pudiera bebérsela.

¿O quizás sí? La poción solo afectaba a las brujas. Noté un sabor amargo en la boca, cuando me di cuenta de que ya me había tomado algo de café.

Dejé la taza en el mostrador y me concentré en su mesa. Intenté escuchar la conversación, pero era imposible con el jaleo del comedor.

Cogí el café y me dirigí hacia su mesa. El plato de Tonya estaba vacío, al igual que la cesta del pan. Movía distraídamente su taza de café medio vacía mientras hablaba. El sheriff Gates solo tenía una taza vacía ante él.

—Señora Plant, siento muchísimo lo de su marido. ¿Le apetece un café?

Tonya asintió.

Recogí su taza a cámara lenta, decidida a permanecer junto a la mesa el máximo tiempo posible.

Tonya se volvió hacia el sheriff y dejó escapar un suspiro.

—Como decía, no me di ni cuenta de que se había ido. Estaba ocupada deshaciendo el equipaje. La noche anterior no dormí bien, así que decidí echar una cabezadita. Me tomé una pastilla para dormir y duré pocos minutos. Cuando me dormí, él todavía estaba en la habitación.

—¿Estaba sola en la habitación? —pregunté mientras llenaba la taza de Tonya.

Tyler Gates me miró.

—Yo haré las preguntas, si no te importa.

Pasé entonces a llenar la taza del sheriff con la mayor lentitud posible, el líquido negro caía casi en cuentagotas.

—¿Desean algo más?

Tonya Plant le dio un sorbo al café y me miró.

—Quizás un platito de fruta para llevármelo a la habitación.

Sentí un gran alivio, el café no estaba contaminado, ya que Tonya también lo había bebido.

Me fijé en su plato vació. Tenía un gran apetito, teniendo en cuenta que acababa de perder a su marido.

El sheriff me dedicó una mirada interrogante.

—¿Sí? —esperé.

—¿No tienes nada más que hacer? Seguro que estás muy ocupada.

Negué con la cabeza.

—La verdad es que no.

Tenía que alargarlo todo lo que pudiera. Si era cierto que Tonya estaba durmiendo, era comprensible que no aportara muchos detalles, pero también le proporcionaba una coartada.

—Gracias, Cendrine —dijo el sheriff Gates más fuerte de lo necesario y me despidió con la mano.

Fui directamente a la cocina donde mamá y la tía Pearl hablaban en voz baja junto a la parrilla.

—¿Has descubierto algo, Cen?

Normalmente, mamá se preocupaba mucho por todo, pero esta vez tenía razón de hacerlo. El hostal Westwick Corners estaba en peligro en más de un sentido. Aun así, tuve la impresión de que Pearl aún no le había hablado de Hazel.

—Tonya dice que estaba durmiendo y que no se dio cuenta de que Sebastien salió de la habitación.

Me rugió el estómago al oler los huevos con bacon que estaban cocinando.

—¿Durmiendo dónde? Se habían registrado unas horas antes —dijo mamá.

Vi la expresión culpable de la tía Pearl y decidí volverle a preguntar.

—Todavía nos ocultas algo. ¿A qué hora llegaron?

—Anteayer por la noche.

—Eso es imposible —contestó mamá—. Abrimos oficialmente ayer para nuestros primeros clientes.

La tía Pearl se encogió de hombros.

—Ayer fue la inauguración oficial, y, oficialmente, llegaron ayer. Era la una de la noche. Estabais durmiendo, así que cuando les oí llegar, les dejé entrar. Les di una habitación y les dije que volvieran al mostrador por la mañana.

—Es un detalle muy importante como para omitirlo, Pearl. Teníamos aquí a nuestros invitados de honor y ni siquiera lo sabíamos. Podía haber ocurrido algo horrible.

—Ocurrió —puntualicé.

Mamá se masajeó las sienes como si tuviera migraña.

—¿Por qué no lo has dicho antes? Tenemos que sacar adelante este negocio. No puedes hacer lo que te apetezca.

Al menos la tía Pearl había sido clara con mamá. Odiaba los secretos y me molestaba verme implicada en sus engaños. Es cierto, mamá se preocupaba demasiado, pero estábamos juntas en esto, y merecía saber todo lo que ocurriera.

A mamá le gustaba tenerlo todo organizado y que las cosas salieran según lo planeado. La tía Pearl era su crisis nerviosa de por vida.

Intenté restarle importancia.

—Lo hecho está hecho. Centrémonos ahora en las actividades de Sebastien Plant. Según Tonya, ya se había ido cuando ella se despertó a las ocho de la mañana. Si eso es cierto, se fue entre las cuatro y las ocho.

La tía Pearl tosió.

—Como si esa dijera la verdad. Dios.

—¿Tienes algo mejor?

—Supongo que no —admitió la tía Pearl.

Mamá frunció el ceño.

—¿Cómo es posible que no se diera cuenta? La puerta de su habitación chirría. —A pesar de las reformas, aún había muchas cosas que crujían y chirriaban—. No puede ser que no se diera cuenta de que se levantaba de la cama. Ese tío padece obesidad mórbida.

—Dice que se tomó una pastilla para dormir y que estaba profundamente dormida.

La tía Pearl puso los ojos en blanco.

—Qué casualidad.

—Puede que estuviera dormida, o puede que mintiera. Necesitamos a alguien que confirme su historia. ¿Sabes algo?

—Sí que estaba durmiendo, pero no sola.

Otra bomba de la tía Pearl. Que poseyera esa información me hizo temerme lo peor.

—¿Te colaste en su habitación? ¿Cómo has podido invadir así su privacidad?

—Tranquila, Cen. No hice nada de eso. —Sonrió con superioridad—. Tuve ayuda.

—¡La abuela Vi!

Estaba tan enfada como aliviada porque la tía Pearl hubiera contado con la ayuda de la abuela Vi. Enfadada por la violación de la privacidad, pero aliviada porque la visita de incógnito de la abuela Vi hubiera resultado en una nueva pista. Siempre y cuando la tía Pearl dijera la verdad.

—Tu abuela estaba aburrida en tu desastrosa casa del árbol, así que vino de visita.

Me molestó la referencia al mantenimiento de mi casa, pero tampoco me gustaron las escapadas nocturnas de la abuela Vi.

—¿Quién estaba en la habitación de Tonya con ella?

—¿He dicho que estaba en su habitación?

—Pearl, ve al grano. —Mamá también había llegado a su límite—. ¿Dónde estaba Tonya y con quién?

Me daba vueltas la cabeza. Teníamos las doce habitaciones llenas. Tonya se habría metido en la habitación de otro huésped. ¿Pero de quién? Una aventura romántica y un matrimonio que se desmorona junto a la despiadada ambición de Tonya, aumentaban sus motivos para asesinar a su marido. Sin embargo, la tía Pearl estaba segura de que el asesino de la glorieta era un hombre, no una mujer.

—Estaba con otro hombre que no era su marido. —Tarareó la sintonía de un concurso de televisión—. Hagan sus apuestas.

Puse los ojos en blanco y me volví había ella.

—Danos una respuesta de una vez.

—Solo me estoy divirtiendo un poco. Pero claramente vosotras no, así que os lo diré. Tonya estaba en la habitación de otro hombre. Y no estaban precisamente hablando, tú ya me entiendes.

—¿Se acostó con él mientras Sebastien estaba en la glorieta?

No podía creer que estuviera manteniendo esta conversación con mi madre y mi tía. Nunca me hubiera esperado esto 24 horas antes.

—Déjate de juegos, Pearl. Hay un asesinato el día de la inauguración y eres la principal sospechosa. Si sabes algo, tienes que hablar.

—Sobre todo si difiere del relato de Tonya. —Abrí la puerta del comedor y miré hacia afuera. Tyler Gates seguía sentado junto a Tonya Plant. Tomaba un montón de notas, y escribía furiosamente. Le daría un plato de tortitas solo para ver qué anotaba en la libreta—. Rápido, Pearl, atrápalo antes de que se vaya.

La tía Pearl se cruzó de brazos.

—No voy a hablar con ese hombre.

—Olvídate de la multa. Eres prácticamente la única sospechosa. Las cosas van a ir a peor hasta que le cuentes al sheriff lo que sabes. No es momento de rencillas.

—Una multa de quinientos dólares no es una simple rencilla. Tendré que aceptar a más alumnos para llegar a fin de mes.

Quería añadir que se merecía cada centavo de esa multa, pero seguir discutiendo complicaría las cosas.

—No tendrás alumnos si te condenan por asesinato.

—¿Quién iba a hacer algo así? ¿Por qué querrían culpar a Pearl? Sería condenar a todo el pueblo.

—Solo tiene que contárselo todo al sheriff para demostrar su inocencia.

Miré intencionadamente a la tía Pearl. Mamá siempre había tenido un punto ciego en cuanto a su hermana. La consideraba una víctima, en vez de una temeraria irresponsable.

—No dramatices, Ruby. Eres como todos los del pueblo, siempre exagerando.

La tía Pearl negó con la cabeza.

—Hablando de reacciones exageradas, tú eras la iba a prenderle fuego a la glorieta. Eres capaz de destruirlo todo solo para conseguir lo que quieres. Quizás querías borrar al pueblo de los mapas quemando la señal, pero hay más gente en el pueblo. Si no te conociera, sospecharía de ti, al igual que el sheriff.

Él no había dicho que fuera sospechosa, pero tenía que asustarla. Sus travesuras y su retención de información echaban a perder nuestras posibilidades de triunfar y ponían en peligro el futuro de todo el pueblo.

Mamá se quedó sorprendida ante mi ataque. Puede que me hubiera excedido, pero sus travesuras y su falta de cooperación me ponían negra.

—No me imagino a alguien como Tonya matando a su marido. No podemos acusarla sin pruebas. Me sabe mal por ella. Los invitamos a ella y a Sebastien, y ahora él está muerto. En cierto modo, es culpa nuestra. Tendríamos que ser más amables con ella.

—¿Y qué hay de su poción del desayuno?

Me parecía que la simpatía de mamá estaba fuera de lugar, ya que Tonya tenía planeado hechizarnos.

Mamá frunció el ceño.

—¿Qué poción?

—Cen se confunde.

La tía Pearl me puso la mano huesuda en el hombro.

Intenté protestar, pero solo conseguí que apretara más. Me di cuenta de que su acusación contra Tonya era otra de sus invenciones. Mamá no sabía nada de la poción de Tonya que iba a quitarnos los poderes. Probablemente, tampoco supiera que Hazel estaba aquí.

Miré a la tía Pearl.

—No eres capaz de ver los motivos de la gente, Ruby. Despierta. Tonya es culpable. Todo empezó con la estúpida señal de la autovía. Tiene que desaparecer.

—Los estudiantes de tu Escuela de Encanto no necesitan la señal, pero los turistas sí. Producen beneficios para nuestra economía. Tus alumnos no gastan ni un centavo.

Las brujas hacían poco gasto. ¿Por qué pagar dinero por algo que puedes conseguir con un hechizo?

Mamá se interpuso entre nosotras.

—Señoritas, comportaos la una con la otra. Discutir no nos llevará a ninguna parte. —Se volvió hacia mí—. Cen, no crees que el sheriff sospeche de Pearl, ¿verdad? Tiene que tener otras pistas.

Me encogí de hombros.

—Tiene un móvil, espantar al turismo. Lo dejó bien claro al quemar la señal. Y se niega a colaborar. Aunque lo más importante es que encontró su varita en la glorieta. —Era evidente que la tía Pearl no le había hablado a mamá sobre la visita de Hazel ni de sus sospechas hacia Tonya. Eso me molestaba—. Hasta que encontremos al verdadero asesino, es una posible sospechosa.

Mamá negó con la cabeza.

—No deberías llamar tanto la atención, Pearl. Podemos convivir todos. Puedes seguir trabajando en tu Escuela de Encanto, pero tienes que hacerlo discretamente. ¿Podrás?

Pearl asintió lentamente.

Aunque la tía Pearl siempre intentaba mantener a su hermana pequeña al margen, sí que la escuchaba.

—Es un buen momento para subir a la habitación de Tonya y airearla. —Mamá le puso una mano en el hombro a Pearl—. Unas flores serían un bonito detalle.

Me parecía una idea horrible, pero sabía que mamá solo estaba intentando mantener a Pearl ocupada. Me sorprendió que mamá pareciera no saber que Tonya era una bruja, pero no me atreví a decir nada. Todo podría desmoronarse rápidamente y no quería tentar a la suerte.

CAPÍTULO 24

Me había distraído tanto pensando en la abuela Vi investigando y en el misterioso hombre de Tonya, que había olvidado el plato de fruta de Tonya. Elaboré un generoso combinado de uva, melón y sandía con algo de queso y volví al comedor.

Tonya Plant sonrió cuando me vio llegar. Su expresión serena parecía fuera de lugar, teniendo en cuenta su reciente pérdida. Se calló a mitad frase cuando me acerqué a su mesa y le puse el plato delante.

—Gracias, Cendrine —dijo el sheriff Gates—, eso es todo.

Asentí y fui a la mesa del lado, donde me entretuve recolocando la vajilla y las servilletas. Esperé a que Tonya siguiera hablando, pero no lo hizo. Pronto se me acabaron las cosas por hacer.

Noté unos ojos clavados en mí y al darme la vuelta vi al sheriff Gates observándome. Cambié a la siguiente mesa.

Tonya siguió hablando, pero hablaba en un volumen muy bajo, así que tuve que forzar el oído para escuchar algo. Se me cayó un tenedor al suelo y salté al oírlo.

Tonya volvió a detener la frase a mitad cuando recogí el tenedor. Al levantarme me encontré con su mirada furiosa.

Tyler Gates se movió en su asiento. Ambos me miraban.

—¿Qué?

—¿Podrías dejarnos un poco de privacidad, Cendrine?

Tyler Gates señaló con la cabeza hacia la cocina.

—Sí, lo siento.

Me retire al mostrador y me serví otro café. Estaba demasiado lejos como para oír algo que no fueran palabras sueltas de la conversación. Tonya afirmaba haberse registrado el viernes por la mañana, lo que corroboraba la versión de la tía Pearl, aunque decía haber olvidado la hora exacta. Parecía que por fin nos estábamos acercando a la verdad.

No podía ver las expresiones del sheriff, así que no tenía ni idea de si creía a Tonya o no. Era absolutamente necesario que me enterara del relato de Tonya. El sheriff estaba tratando con una bruja sin saberlo, así que necesitaba mi ayuda. Era el único modo de verificar su relato y llegar a la verdad.

Me animé al ver que podía rellenar las vinagreras, así que cogí los paquetes de sal y de pimienta y volví a la mesa de detrás del sheriff. Me moví suavemente y evité el contacto visual con Tonya. Esperaba que siguiera con su historia y no le hiciera al sheriff ninguna señal de que estaba detrás de él.

—Sebastien quería dar una vuelta —dijo Tonya—, pero estaba muy cansada y le dije que se fuera sin mí.

¿A esas horas? Qué casualidad.

—¿A qué hora fue eso?

El sheriff se inclinó hacia detrás en la silla y se puso las manos tras la cabeza.

Me quedé congelada. Sus brazos estaban a centímetros de mí, y me habían atrapado entre su silla y la mesa. Aguanté la respiración e intenté no hacer ningún ruido. Si Tonya se dio cuenta, no lo demostró, siguió con su relato.

—Sobre las ocho o las nueve de la mañana, creo. Me tomé una pastilla para dormir sobre esas horas, así que estaba roque.

La voz de Tonya era fuerte y clara, nada del suave murmuro de una viuda afligida.

—¿Hasta qué hora estuvo durmiendo?

—No lo sé... hasta las tres o algo así. Me desperté poco antes de que viniera a mi habitación.

—¿Y no vio a nadie en todo ese tiempo?

—No.

Según la abuela Vi, Tonya había estado con otro hombre desde la hora del almuerzo. Asumiendo que las horas que había dicho la abuela fueran correctas, el sheriff acababa de pillar a Tonya en una mentira. Solo que nunca lo sabría, a menos que yo encontrara una manera de desmentir la historia de Tonya. Tenía que encontrar a ese hombre. También tenía que encontrar los guantes del ticket de Walmart. El bote de anticongelante también era importante, pero quizás ya hubiera pruebas líquidas en la botella de refresco. Me perdí en mis pensamientos, sin darme cuenta de que había dejado la mirada fija en el sheriff Gates.

—No puedes estar aquí mientras interrogo a la señora Plant, Cendrine.

Sus ojos marrones me miraron fijamente.

—No puedo irme a otro sitio. Estáis en mi restaurante. Trabajo aquí.

El sheriff se puso en pie y me despidió con un gesto, mientras Tonya me dedicaba una mirada fría. No podía darle el ticket delante de ella, pero no parecía que fuera a irse pronto. Cuanto más tiempo se quedara, más tardaría en pasar a una nueva pista. El sheriff estaba en desventaja a menos que le ayudara alguien que conociera todo el contexto. Ese alguien era yo.

* * *

Desde el marco de la puerta de la cocina, vi cómo el sheriff recuperaba su asiento frente a Tonya Plant. Forcé el oído al máximo hasta que pude captar algunos fragmentos de la conversación. Si era tan manipuladora como decían Hazel y la tía Pearl, no tenía elección, tendría que usar la magia para poder escuchar y descubrir qué pretendía Tonya. Ni siquiera se me había ocurrido usar la magia para potenciar el oído. En cuanto lo pensé, necesité unos minutos porque estaba oxidada y había olvidado el hechizo. Si se me hubiera ocurrido antes, habría sido mucho más discreta.

—¡Cendrine!

El corazón me dio un vuelco tremendo.

—¡Me has asustado! ¿Por qué me gritas así?

La tía Pearl frunció el ceño.

—No te estaba gritando. ¿No estarás usando tus poderes extrasensoriales con el sheriff, verdad?

Me había cogido con las manos en la masa.

—Es una emergencia.

—¿Por qué tu emergencia es diferente de las mías? —Se cruzó de brazos—. Y luego dices que yo atraigo los problemas. Mírate, la señorita «legal». ¿Está bien que tú uses tus poderes pero mal si lo hago yo?

—Son circunstancias atenuantes, tía Pearl.

Mamá se giró desde los fogones.

—¿Estás escuchado a escondidas?

—¡Claro que no!

—Sí que lo está haciendo.

—Solo para ayudarte, porque tú no te ayudas a ti misma.

Mamá negó con la cabeza.

—Acordamos que nada de magia cerca de los huéspedes.

—No tenía elección. La tía Pearl es una de las principales sospechosas por culpa de sus jueguecitos pirotécnicos.

Mamá puso los ojos en blanco.

—No vuelvas sacar lo de la señal otra vez. Sinceramente, Cendrine, eres peor que un perro con un hueso. Nunca te rindes.

—Ruby tiene razón —intervino la tía Pearl—. Siempre la tomas conmigo. Muestra algo de respeto hacia tus mayores.

Dejé caer los brazos exasperada.

—Mientras nosotras discutimos, Tonya planea cómo arruinar el pueblo. No solo se deshizo de su marido, sino del hombre que dio a conocer Westwick Corners. Lo mató ella, estoy segura. Pero hasta ahora, todo incrimina a la tía Pearl. —Me encaré a ella—. Intenta inculparte.

Mamá se quedó boquiabierta.

—No es posible que piensen que Pearl...

Pearl dio una patada contra el suelo.

—Soy bruja. Hablando claro, no necesito matar a nadie, hay formas más sencillas de deshacerse de alguien.

—Eso el sheriff no lo sabe. No sabe nada de brujas, vórtices ni nada por el estilo. ¿Me entendéis ahora?

Volví a centrarme en Tonya Plant y el sheriff.

—Dile al sheriff lo que sabes, Pearl —dijo mamá elevando la voz. Y diría que empezaba a enfadarse.

—Me lo pensaré. Pero primero tengo que limpiar unas cosas.

Dio media vuelta y se marchó antes de que pudiéramos detenerla.

En ningún momento había pensado que la tía Pearl fuera culpable, pero hacía un gran papel actuando como tal.

Había dicho que Tonya había estado con otro hombre, pero se negaba a decir con quien. Si ella no iba a decírmelo, había más maneras de descubrirlo.

CAPÍTULO 25

No podía seguir escuchando a escondidas a Tonya Plant y al sheriff, pero podía descubrir algo más sobre el hombre con el que estuvo. Fui hasta el mostrador y saqué el registro de habitaciones.

De las doce habitaciones, estaban ocupadas por parejas todas excepto tres. En una habitación había dos mujeres y en otra una sola. En la tercera habitación se alojaba Jack Tupper III. Había sido un golpe de suerte que solo hubiera una habitación con un solo hombre. Tal vez fuera un error descartar a los hombres emparejados, pero tenía la corazonada de que Jack era nuestro hombre.

Se me aceleró el pulso al ver el número de la habitación

Era la antigua habitación de la abuela Vi. La misma habitación en la que afirmaba haber visto a Tonya con el hombre misterioso.

Pues bien, había dejado de ser un misterio.

Estaba casi segura de que el hombre secreto de Tonya era Jack Tupper III.

No reconocía ese nombre tan pretencioso, pero era suficiente para descubrir más sobre él y averiguar su paradero en el momento del asesinato. Cerré el registro de habitaciones, orgullosa de mis deducciones.

Si lo que había dicho Pearl sobre la cita era cierto, Jack seguramente conociera a Tonya antes de venir al hostal. De hecho, probablemente la siguiera hasta aquí. Puede que fuera él el hombre encapuchado de la glorieta.

Cuando destapara su relación con Tonya, podría hacérselo saber discretamente al sheriff. Lo más seguro es que Tonya negara la relación, y no podía decirle al sheriff que el fantasma de la abuela Vi los había estado espiando. Pero habría más pistas que el sheriff podría rastrear, como las llamadas telefónicas. Solo tenía que conseguir indicios que desviaran la atención de la tía Pearl y señalaran al verdadero asesino.

Volví al comedor, ansiosa por compartir mi descubrimiento con mamá. Llegué al marco de la puerta y me detuve en seco al observar el interior del comedor. Brayden estaba sentado a pocas mesas del sheriff y de Tonya Plant. Temía tener «la charla» con él, pero tenía que hacerlo pronto. Al verle me acordé, no era algo que me apeteciera hacer, cancelar una boda era algo muy importante, y después de eso, probablemente nos separaríamos.

En ese momento, no estaba segura de si era lo que quería o no. De hecho, ya no estaba segura de nada. No sabía si aún lo amaba, o si alguna vez lo había hecho. Era mi primer y único novio, y hasta el momento, no me había planteado un futuro sin él. Era como si todo hubiera estado predestinado.

Por suerte, Brayden no estaba solo, así que podía esperar un poco más. Un hombre de cabello rubio de una tonalidad poco natural, se sentaba frente a Brayden, dándome la espalda. Estaba prácticamente segura de que era el hombre de la noche anterior en los viñedos. Estaba oscuro, pero tenía la misma complexión delgada y atlética.

Brayden captó mi mirada enseguida y me sonrió. Me hizo un gesto para que me acercara.

—Cen, este es mi amigo Jack. Es de Shady Creek y se aloja aquí. —Señaló al hombre de tez morena que debía tener algo unos treinta años—. Jack, esta es Cen. Este sitio es de su familia.

Me quedé sin habla cuando entendí lo que eso significaba. Debía de ser el mismo Jack que se alojaba en la antigua habitación de la abuela Vi.

Jack me dio un apretón de manos con la izquierda, señalando que tenía la mano derecha vendada. Era un poco más alto que Brayden y unos años mayor, e imponía un aura de superioridad sobre él.

—Qué lugar tan pintoresco. ¿Cuándo vais a renovarlo? Estaría genial con un lavado de cara.

—Está bien como está.

Me lo tomé como un insulto intencionado. Aunque Brayden no le hubiera contado que lo acabábamos de inaugurar, se veía que estaba todo el edificio restaurado. Como huésped, tenía que saberlo. Brayden me lanzó una mirada de advertencia.

Los observé a ambos cuando mi estómago empezó a rugir recordándome que necesitaba comer.

—Si te gusta este estilo... —Jack echó la cabeza hacia detrás y rio. El cabello, perfectamente peinado, no se le movió ni un milímetro. Se sacó una tarjeta del bolsillo de la camisa y me la tendió—. Llámame si te interesa venderlo. Aunque, seamos sinceros, este lugar está a punto de caerse, el único valor es el del terreno. Por suerte para ti, siempre buscamos propiedades grandes como esta.

En la tarjeta se leía *Jack Tupper III, vicepresidente, desarrollo, Centralex*.

Me cogió por sorpresa la conexión entre Jack, los planos de la habitación de Tonya y el encuentro nocturno de los viñedos. La mayor revelación era que Brayden no había sido sincero conmigo.

—No estamos interesadas en vender.

Quería entrar a la cocina a contárselo todo a mamá. Aunque eso no ayudaría, así que me obligué a calmarme y a obtener toda la información que pudiera. Jack era claramente cómplice de la conspiración de Tonya, y, al parecer, era también su amante.

Jack negó con la cabeza.

—Tu hostal no sobrevivirá cuando abra mi nuevo complejo, centro de conferencias y centro comercial. Y el casino. La única razón por la que te funciona ahora es porque es lo único que hay en la ciudad.

Enrojecí de ira mientras intentaba controlar mi temperamento. El tipo tenía valor para atreverse a decirme que nuestro negocio estaba condenado mientras devoraba el desayuno especial de mamá. También sabía que en los planos que encontramos en la habitación de Tonya se indicaba que Centralex pretendía construir en nuestra propiedad y no en ningún otro lugar. Jack estaba usando la táctica de asustarme para conseguir la propiedad a bajo coste. Pues bien, no iba a intimidarnos. No si podía evitarlo.

Brayden carraspeó.

—Los planes de Jack incluyen un complejo hotelero.

Enrojecí aún más. Brayden estaba negociando y conspirando de nuevo, solo que esta vez, se trataba de un negocio que competía directamente con el nuestro.

—Pero acabamos de abrir el hostal. Westwick Corners no es lo suficientemente grande para tener otro hotel.

Como alcalde, Brayden tenía que impulsar el comercio y los negocios, pero eso no implicaba hacerse amigo del explotador. No había apoyado mucho el Hostal Westwick Corners, a pesar de que trabajara a tiempo parcial en Embrujo. ¿Qué favores esperaba de Jack?

—Esto es algo grande, Cen. El complejo hotelero contará con doscientas habitaciones y con un centro de conferencias. Un destino turístico, no un negocio de pueblo. Dará a conocer Westwick Corners.

Me sentí como si hubiera apuñado por la espalda. El hostal pertenecía a mi familia desde hacía generaciones y Brayden sabía que nunca lo venderíamos, pasara lo que pasara. También sabía que era nuestro único modo de ganarnos la vida. Aun así, se había aliado con un explotador extranjero, e incluso le había enseñado a Jack nuestra propiedad bajo la luz de la luna. Lo había hecho de noche a propósito para evitar que lo pillaran. ¿Qué más me ocultaba?

Sentí que la ira crecía dentro de mí, estaba a punto de perder el control.

—Tengo que irme.

Di media vuelta sobre los talones.

—Te estoy haciendo un favor, la oferta solo estará en pie hasta el lunes —replicó Jack desde la mesa.

—No vamos a vender —repetí—. Acabamos de abrir.

—Se pueden obtener muchos más beneficios, Cen —gritó Brayden detrás de mí.

Asentí y seguí andando.

De repente, Brayden apareció a mi lado. Me cogió del brazo.

—Me pasaré por tu casa en un rato, Cen. Tenemos que hablar.

—La verdad es que estoy bastante ocupada. Luego te llamo.

Respire profundamente y me dirigí a la cocina. Me debatí entre informar a mamá de la proposición de Jack en ese momento o después de desayunar. Se enfadaría, pero tenía que saberlo.

Mamá, la tía Pearl y la tía Amber eran las propietarias del lugar. Era aún más insultante que Jack no se hubiera dirigido a ellas directamente. Me lo había dicho a mí a propósito, evidentemente. La información de segunda mano suavizaría el hecho de que un forastero pretendía competir contra nosotras. Pero, tras haber visto los planos de Centralex en la habitación de Tonya, sabía que no era esa su intención. El verdadero objetivo de Jack era robarnos el terreno y arrasar con nuestra preciosa e histórica mansión hasta los cimientos.

Maldije en voz baja al ver cómo encajaba todo. La inverosímil historia de la tía Pearl sobre el vórtice era totalmente cierta. Tonya se había asociado con el mayor promotor de la zona, y comprarnos el terreno era una simple formalidad.

El dinero siempre hacía que la gente cometiera locuras. La abuela Vi tenía razón, no solo sobre la propiedad, sino también sobre Brayden. Había puesto sus intereses económicos por delante de la convivencia de mi familia.

Estaba a punto de llegar a la cocina cuando oí el ruido de sillas arrastrándose desde la mesa del sheriff Gates y de Tonya. Les di la espalda cuando se levantaron. Supuse que habría acabado de interrogar a Tonya por el momento. Me giré y me dirigí hacia él, pero Brayden me interceptó.

—Cen, espera. Brayden se acercó a mí, plato en mano. Los cubiertos cayeron del plato de huevos y tostadas cuando me alcanzó. Pareces enfadada.

—Te vi anoche en los viñedos con Jack —dije mientras entrábamos juntos a la cocina—. No sabía que entre tus obligaciones como alcalde se incluyeran enseñar nuestra propiedad en secreto a constructores.

—No es eso, Cen. Estás sacando conclusiones precipitadas.

—¿Entonces qué hacías paseando a hurtadillas en medio de la noche? ¿De repente estás obsesionado con nuestra propiedad?

—No estoy obsesionado y no estábamos paseando a hurtadillas. —Elevó la voz cuando nos acercamos a la puerta de la cocina—. A Jack le gusta ser discreto. Si muestra demasiado interés, los precios se disparan.

—Así que es por nuestra tierra. —Me detuve justo antes de llegar a la puerta y me puse frente a él—. Dile a tu amigo Jack que no está a la venta.

—Estás exagerando, Cen, como de costumbre. —Brayden puso los ojos en blanco y se dio a vuelta—. Tengo que irme. Hablaremos después.

—Ah, Brayden.

—¿Sí? —se detuvo pero ni tan siquiera me mi miró.

—Se suspende la boda.

Brayden se dio la vuelta y me miró boquiabierto. Por primera vez en mucho tiempo, me había prestado atención.

CAPÍTULO 26

Brayden se sentó en la mesa pequeña que había al entrar a la cocina. Estaba llena de platos y vasos, pero hizo espacio para su plato y siguió comiendo. Pinchó una patata con el tenedor y la mojó en el kétchup.

—¿Qué te ha pasado, Cen?

Puso los labios había abajo, haciendo pucheritos para conseguir mi compasión. No funcionó. Esta vez estaba demasiado enfadada.

—No me ha pasado nada. —No iba a estallar en la cocina de mi madre, y menos cuando podía escucharnos mucha gente—. Sin embargo, a ti sí que te ocurre algo. Y sea lo que sea, no me gusta.

Brayden entornó los ojos y me observó.

—Hay algo diferente en ti. De repente te has vuelto muy negativa. Estás estresada por los preparativos de la boda.

Me puso una mano en el hombro como si fuera una niña.

—Tienes toda la razón. Esta boda es demasiado precipitada, así que la cancelo. Con todo lo que ha pasado, me estoy replanteando muchas cosas.

Brayden se mordió el labio.

—Llevamos años saliendo, Cen. ¿Cómo puedes pensar que nos hemos precipitado?

CAZA DE BRUJAS

—Algo no está bien. Necesito tiempo para mí, para pensar.

—No podemos permitirnos el lujo del tiempo. Tendrías que haberlo pensado hace un año, cuando dijiste que sí.

—Han cambiado muchas cosas desde entonces.

Por ejemplo, me había dado cuenta de que las aspiraciones políticas de Brayden siempre iban por delante de mí. Nuestra boda solo era un elemento más en su lista de quehaceres. Al igual que todo el mundo, siempre había asumido que nos acabaríamos casando. Nunca lo había pensado dos veces hasta ahora, probablemente, porque me daba demasiado miedo enfrentarme a la verdad.

—¿Cómo qué?

—No lo entenderías.

Mi atracción hacia Tyler Gates era un simple capricho, pero era un síntoma de mi infelicidad con Brayden. Aunque pudiera rebobinar el efecto de un hechizo, no podía rebobinar mi vida. Una vez elegido mi camino junto a Brayden, no había vuelta atrás. Hizo falta un asesinato en el ensayo de la boda para que me para a pensar y tomara las riendas de mi vida.

Brayden se puso en pie.

—No me hagas esto, Cen. Van a venir doscientos invitados, incluyendo el gobernador. No puedes cancelar la boda ahora. —Negó lentamente con la cabeza—. ¿Sabes qué imagen dará esto?

—No importa lo que piense el gobernador ni nadie. No puedo hacerlo.

Aunque sí que me importaba lo que pensara mi familia. Sobre todo mamá, que había cuidado muchísimo cada detalle. Odiaba tener que decepcionarla.

—Solo estás afectada por el asesinato y todo eso. —Me pasó el brazo por detrás de la espalda—. Mira, sé que tendría que haber estado en el ensayo, pero me vi saturado de trabajo. Prometo hacerlo mejor.

—El sheriff Gates me dijo que la reunión de delitos semanal se había cancelado. No fuiste a la reunión y ni aun así te molestaste en aparecer por el ensayo. Si no crees que me merezca tu tiempo, ¿por qué debería casarme contigo?

—Eso no es justo, Cen. La reunión se canceló por un problema de horario. Es cierto. Jack solo tenía una hora libre en toda la tarde, así que tuve que reestructurar mi agenda.

—¿En serio? —La indignación aumentaba en mí—. Seguro que estuvisteis hablando de cómo conseguir terrenos a precio regalado.

La ira brilló en los ojos de Brayden.

—Deberías estar agradecida porque se haya interesado en nuestro pueblo. Centralex es lo mejor que le ha pasado a Westwick Corners en mucho tiempo.

Enfurecí aún más al recordar el paseo nocturno de Brayden por los alrededores de mi casa del árbol. Tenía que mantener la calma y no alzar la voz.

—Nadie va a vender. Nosotras tampoco. No hay nada más a la venta en el pueblo, y todo lo demás son cultivos.

—Te sorprenderías, Cen. Cualquiera vendería si la oferta es buena.

—¿Cualquiera? —levanté las cejas—. Shady Creek no mordió el anzuelo.

Brayden pinchó la yema de huevo de su plato con el tenedor.

—El hostal Westwick Corners es demasiado pequeño para obtener beneficios. Llevará a tu familia a la quiebra. Lo más inteligente es vender, porque las ofertas como la de Jack no nos llegan todos los días. Al menos, escucha lo que tiene que decir.

Enrojecí de ira.

—No vamos a vender, y menos después de haberlo restaurado todo. Deberías saberlo. Parece que estés asociado con Jack.

—No seas ridícula. Mi trabajo como alcalde es buscar nuevas oportunidades. Trabajo para hacer de Westwick Corners el lugar que todos queremos, un lugar con empleo y crecimiento.

—Pero no lo queremos a cualquier precio. —Brayden nos había vendido. Todos los consejeros del pueblo tenían más de setenta años y, básicamente, votaban todo lo que Brayden decía, así que Jack se saldría con la suya, de un modo u otro—. ¿Por qué rechazó Shady Creek sus planes?

—Por problemas de tráfico —rio Brayden—. ¿Te lo puedes creer? ¿Quién no quiere más tráfico? —Conocía al menos una persona, y estaría dispuesta a tomar medidas—. Hablaremos cuando hayas tenido tiempo para calmarte.

Su actitud desdeñosa me ponía de los nervios.

—No hay nada más que hablar. Hemos terminado.

Brayden me miró con la boca abierta. Se había quedado sin palabras.

Esperó a que dijera algo más, pero yo ya había acabado. Un minuto después se dio la vuelta para irse, entonces volvió a por el plato de desayuno y salió de la cocina dando un portazo tras él.

CAPÍTULO 27

Me quedé sentada en la mesa unos minutos más, básicamente para asegurarme de que Brayden y Jack ya se hubieran marchado. No oí voces ni ruidos viniendo del comedor, así que me acerqué a la puerta y miré hacia afuera.

Suspiré con alivio al ver que estaba casi vació. Jack se había ido, al igual que los demás huéspedes. Nadie me había oído discutir con Brayden. Abrí la puerta y me dio un vuelco el corazón cuando vi a Tyler Gates sentado en una mesa junta a la ventana, solo.

Vio el movimiento de la puerta y nuestras miradas se cruzaron. Mantuvimos los ojos fijos un instante, hasta que él los apartó. Lo sabía.

Genial.

La única persona que no quería que se enterara de mis problemas amorosos lo había oído todo. Volví a entrar a la cocina, desmoralizada.

Qué incómodo.

Quería hablarle del caso, aunque mi reciente disputa hacía que quisiera evitarlo. Pero la tía Pearl necesitaba ayuda, y rápido, así que no podía esconderme detrás de un árbol.

—Has hecho lo correcto.

Me sobresalté al escuchar una voz detrás de mí, no esperaba que hubiera nadie más en la cocina.

La abuela Vi flotaba a pocos centímetros de mí entre un aura morada.

—Prometiste quedarte en la casa del árbol, abuela.

—No puedo quedarme al margen cuando me necesitan. Brayden no es bueno para ti. Podrías haber aguantado un poco, pero habría acabado explotando de igual manera.

—No me extraña que lo pienses. Nunca te gustó, para empezar. —Me volví a sentar a la mesa, decaída ante la perspectiva de cancelar la boda—. ¿Cómo voy a desinvitar a doscientas personas?

—Nos las apañaremos. —La abuela Vi se sentó, o más bien se inclinó, frente a mí—. Ahora puedes centrarte en el guapísimo sheriff nuevo.

—No voy a hacer nada. Tengo toda la energía centrada en resolver el asesinato de Sebastien Plant y limpiar la imagen de la tía Pearl. Dime qué sabes de Tonya Plant y Jack Tupper.

—¿Quién es Jack? —preguntó la abuela Vi.

—El que estuvo deambulando anoche con Brayden —contesté.

—El que estuvo en mi habitación.

—No es tu... —me detuve a media frase. No valdría de nada hacer enfadar a la abuela. Respiré profundamente—. Acordamos entre todas abrir el hostal y todas hicimos sacrificios. No puedes espiar a la gente así.

—Echaba de menos mi casa. Y Pearl me prometió que no se lo diría a nadie. —La abuela Vi frunció el ceño—. Pearl nunca ha sabido guardar un secreto.

—La obligué a contármelo. La van a inculpar de asesinato a menos que hagamos algo al respecto. ¿De qué hablaron Tonya y Jack cuando estabas allí?

—No es que conversaran mucho en aquella habitación. Aún no han enterrado a su marido y ese sinvergüenza ya se está manoseando con ella.

—Dos no se enrollan si uno no quiere.

La abuela Vi se encogió de hombros.

—No pueden robarnos la tierra que pisamos, ¿verdad?

—No a menos que aceptemos venderla, y no vamos a hacerlo.

—Parece que piensen que ya es suya —dijo la abuela Vi—. Aunque Tonya se la está jugando al Jack ese. Está demasiado enamorado para darse cuenta.

No podía imaginarme al agresivo Jack enamorado, pero quizás fuera distinto en la intimidad.

—Necesito tu ayuda para resolver el asesinato, abuela. Quiero que sigas a Tonya a dondequiera que vaya.

—¿Te refieres a espiarla? Creía que no estaba permitido.

—En este caso, lo está.

No podíamos dejarla sin vigilancia por el momento. La abuela Vi no iba a quedarse en mi casa por mucho que le insistiera, así que más me valía aprovechar sus talentos.

—Pero es bruja. Me verá. ¿Por qué no espío a Jack en su lugar?

Negué con la cabeza.

—Yo le vigilaré a él. Necesito a alguien poderoso con Tonya, y tu magia es mucho mejor que la mía.

Eso pareció apaciguarla.

—Con una condición.

—De acuerdo, habla.

¿Por qué todas las promesas de mi familia venían con condiciones?

—Quiero recuperar mi habitación.

Asentí. De una manera u otra, todas queríamos recuperar algo. Pero no estaba segura de que lo consiguiéramos sin consecuencias indeseadas.

CAPÍTULO 28

Abrí la puerta trasera de la cocina, sintiéndome culpable por Brayden. Aunque estaba muy enfadada con él, podría haber escogido un mejor momento para descargar mi ira sobre é, por no mencionar para cancelar la boda.

Pensé en correr tras Brayden, pero ya estaba a medio camino del aparcamiento donde Jack le esperaba desde el asiento del conductor de un Lamborghini rojo. Quizás fuera mejor dejarle solo mientras todo se desmoronaba, pero me sentía culpable por hacerle daño. No quería arrepentirme en un momento de debilidad, pero tenía todo el derecho del mundo a estar enfadada.

Por otra parte, Brayden ya no parecía tan afectado. Dio un grito para captar la atención de Jack.

Este se asomó por la ventanilla y dijo algo que no llegué a escuchar.

Brayden rio. Vi cómo el coche de Jack salía del aparcamiento y desaparecía por detrás de la colina.

Suspiré y volví hacia la puerta. Sabía que tenía que hablarle a mamá de la oferta limitada de Jack, pero eso me deprimía. También la deprimiría a ella, y no estaba preparada para lidiar con tantas emociones. Me reconcomía que Jack hubiera tenido estómago para comer y alojarse en el Westwick Corners mientras planeaba destruirlo.

No obstante, la hipocresía de Jack y su ausencia temporal eran una ventana abierta, una oportunidad. Podía colarme en su habitación e intentar descubrir más información sobre sus planes.

Corrí escaleras arriba y me detuve en el rellano. Casi sin aliento, me sorprendió darme cuenta de que me estaba convirtiendo en la tía Pearl. Quizás su locura desmesurada fuera hereditaria.

Subí el último tramo de escaleras pensando en que, si nuestro negocio aún no estaba hundido, a nuestra reputación le faltaba poco. Si los clientes descubrían al personal colándose en sus habitaciones mientras desayunaban estábamos perdidas.

No, yo no era la tía Pearl. Además, tenía un motivo perfectamente razonable, comprobar si les quedaba de gel y champú. Me dirigí al pasillo y pasé por el almacén para coger algunos suministros. Me animó pensar que al menos podía hacer algo productivo.

El pasillo estaba vacío cuando abrí la puerta de Jack. Tenía la habitación hecha un desastre, había sábanas y toallas por todo el suelo. Entré al baño y me asusté al ver manchas de sangre en la bañera. Una vez superada la impresión inicial, me di cuenta de que probablemente fuera de la mano que llevaba vendada.

Pero... ¿cómo se hirió la mano?

Pensé en mi tía y en su miedo a la sangre. Era imposible que hubiera visto la bañera y no hubiera perdido los nervios.

Examiné la habitación. Además de la sangre, no había nada fuera de lo normal en el baño, pero inmediatamente, un objeto de la papelera de al lado del escritorio me llamó la atención. Había una palanca desmontadora de neumáticos ensangrentada. Jack no parecía de los que se mutilan, y menos con objeto así.

De repente, todo cobraba sentido. Una palanca era suficiente para matar alguien, aunque ese alguien fuera tan grande como Sebastien Plant. Resulta que Plant y Jack eran rivales en el amor. Jack era lo suficientemente alto y fuerte como para darle un golpe mortal a Sebastien Plant. Y si este estaba borracho, no opondría mucha resistencia.

Di media vuelta y me dirigí hacia la puerta. Tenía que contárselo al sheriff inmediatamente para que pudiera precintar la habitación y buscar pruebas. Claramente, Jack no se esperaba que nadie entrara a su habitación. Había dejado el arma temporalmente en la papelera hasta que pudiera deshacerse de ella después de anochecer.

Me dio un brinco el corazón cuando me vi de cara a la abuela Vi. Debía de haberme seguido en secreto.

—¡Casi me matas del susto, Cen!

Flotó hasta una esquina y me sonrió con superioridad.

—Ya estás muerta, abuela. ¿Por qué me has seguido a la habitación de Jack?

—Es mi habitación, no la de Jack, y pienso venir siempre que me apetezca. —Miro con reprocho toda la habitación—. Esto es un ultraje. Es todavía más desordenado que tú.

Pasé por alto el insulto.

—Abuela, por favor. No puedes colarte así en las habitaciones de los huéspedes.

—¿Por qué no? Tú también estás fisgoneando.

—No, no fisgoneo. Solo he venido a dejar el champú.

Le enseñé todos botecitos de gel y champú que llevaba encima.

—Buen intento, querida, pero no olvides que puedo leerte la mente. Si sospechas de ese tal Jack, ¿por qué no me dejas ayudarte?

—No, abuela. Ahora tengo que irme. Tengo que decirle lo de la palanca al sheriff.

Estaba a punto de abrir la puerta cuando me quedé congelada al oír una llave metiéndose la cerradura.

CAPÍTULO 29

—¿Qué narices haces en mi habitación?

La silueta de Jack Tupper apareció por la puerta tapando la luz del sol que entraba desde el pasillo. También me bloqueaba la salida.

—Labores de mantenimiento. He venido a dejar gel y champú.

Me sonrojé al ver lo poco convincente que era mi excusa. Era obvio que no estaba cerca del baño. Ni siquiera se me había ocurrido que Jack pudiera volver. Habría olvidado algo.

—No es necesario. —Me echó con un gesto de mano—. Será mejor que te vayas.

Salí por la puerta, pero al pasar junto a él se me cayeron los botes sobre el escritorio.

Di un portazo al salir y no miré atrás.

Bajé corriendo las escaleras, entré al comedor y fui hacia la mesa del sheriff Gates. Desafortunadamente, Tonya volvía a estar sentada junto a él. Pero, simplemente, no podía esperar.

—Tengo que hablar contigo.

Tonya me miró con el ceño fruncido.

Ella sabía que planeaba algo. Sentí un miedo repentino al recordar las advertencias de Hazel y la tía Pearl. Debería haber esperado a que el sheriff estuviera solo, pero bajo unas circunstancias así, ¿cómo podía esperar? Probablemente, Jack estuviera deshaciéndose de la palanca en ese mismo momento.

—¿Qué pasa?

Pareció notar mi preocupación.

—Es confidencial.

Lancé una mirada hacia Tonya, que parecía haberse puesto nerviosa. Eso solo podía significar una cosa: que estaba involucrada en el asesinato de su marido y que sospechaba que yo estaba a punto de hablar de ello. ¿Qué si no podía ser tan urgente como para interrumpir los interrogatorios del sheriff?

—¿Podemos hablar en la cocina?

Él miró hacia Tonya y esta asintió.

—Necesito cinco minutos.

* * *

Diez minutos después, Tyler Gates estaba sentado frente a mí en la mesa de la cocina.

Se inclinó hacia delante y habló en voz baja:

—Esto es confidencial, pero una palanca desmontadora de neumáticos encaja mejor con los resultados del forense.

—¿Seguro que deberías contarme esto? Recuerda que soy la prensa.

—Contártelo es parte de mi estrategia. Espero que pueblas publicar una historia que nos lleve a descubrir a los verdaderos asesinos. Seguro que alguien del pueblo sabe algo.

—¿Entonces descartas a la tía Pearl y su bastón?

Negó con la cabeza.

—No hay nada ni nadie descartado, pero para mí está bastante claro que el bastón no es lo suficientemente pesado para provocar el daño que vimos en el cráneo de Plant.

Me estremecí.

—Será mejor que te des prisa antes de que Jack destruya las pruebas.

Había sido bastante descuidado tirar la palanca a la papelera. O quizás tuviera un exceso de confianza. Quien quiera que fuera a limpiar la habitación, en este caso la tía Pearl, la principal sospechosa, lo notaría. Pero al parecer Jack creía que éramos demasiado tontas para atar cables. O quizás no hubiera tenido tiempo de hacerla desaparecer.

—Los agentes de Shady Creek están de camino —dijo Tyler—. Les he llamado antes de entrar a la cocina.

—Espero que Tonya no te haya oído.

—No, se fue con prisas después de ti.

Genial. Tenía que avisar a Hazel y a la tía Pearl de que Tonya iba detrás de nosotras.

—¿Es sospechosa? Al fin y al cabo, es su mujer. No parece muy afectada, si me permites.

—Todo el mundo es sospechoso hasta que se resuelva el caso.

—Está implicada de algún modo. ¿Sabías lo de los cuernos?

Pareció sorprendido.

—Estamos en ello. La pregunta es, cómo sabes tú lo de la relación.

Me moví con nerviosismo mientras pensaba una excusa. No podía decir que mi abuela fantasma se había colado en la habitación de Jack.

—Vimos a Tonya entrando en la habitación de Jack.

—¿Y crees que eso demuestra su relación? Tienes que tener algo más.

No tenía nada más que pudiera decirle.

—Tonya y Jack son socios de negocios. Jack está intentado asustarnos para que le vendamos nuestras tierras para convertirlas en un nuevo complejo de Travel Unraveled. Sebastien estaba en contra de ello. Creo que por eso lo mataron. —El sheriff permaneció en silencio mientras digería mi declaración. Creo que estaba debatiendo cuánto podía contarme—. Hay más. —Le tendí el ticket de Walmart que llevaba en el bolsillo y le hablé de la botella de refresco que había visto en la papelera—. No creo que estuviera ebrio. Tonya lo intoxicó con anticongelante e hizo que Jack le golpeara con la palanca. Aunque muriera envenenado, podría culpar a Jack del asesinato.

El chivo expiatorio se me ocurrió en cuanto lo dije. Tenía sentido que Tonya culpara a Jack. Así no tendría que compartir el botín con nadie.

En el estado de hambruna que sentía un rato antes, se me habían escapado muchas cosas que ahora veía con una claridad deslumbrante.

Tyler Gates asintió.

—Eso encaja con el informe del forense. Sebastien Plant había sufrido diversos traumatismos, el tipo de heridas que provocaría una palanca de hierro. Pero, por alguna extraña razón, no sangró tanto como debería.

—¿Quieres decir que ya estaba muerto cuando lo golpearon?

Recordé haber visto algo similar en *Crímenes imperfectos.*

Abrió los ojos como platos.

—Sí.

Pensé en la botella de refresco de la habitación de Tonya.

—¿La autopsia ha revelado señales de intoxicación?

Tyler entornó los ojos, sacó el móvil y marcó.

—Eso es exactamente lo que tenemos que averiguar.

CAPÍTULO 30

La única celda de Westwick Corners no solía estar muy transitada. Ocasionalmente, pasaban por ella juerguistas borrachos, pero nunca, al menos que yo supiera, ninguna bruja. La invitada de honor del día era la tía Pearl. La habían pillado con la varita, o el bastón según creía el sheriff. La había seguido hasta la gasolinera tras haberla visto con otra garrafa de gasolina. Se la confiscó para prevenir futuros actos vandálicos. También le confiscó la varita. Comprar gasolina no era ilegal, pero robarle pruebas a la policía, sí.

Los detalles del sheriff eran confusos, pero, de algún modo, la tía Pearl había conseguido salir airosa. No tenía ninguna duda de que la magia había jugado un papel importante tanto en la pérdida de memoria del sheriff como en la recuperación de su varita confiscada por la policía. Prometí hacérselo pagar ante la justicia.

Lo único que no podía explicar era cómo había robado la varita (o bastón) en primer lugar. El armario estaba intacto, sin señales de haber sido forzado.

Lo único bueno que habíamos sacado de las travesuras de la tía Pearl había sido que finalmente había aceptado acompañarme a comisaría para aclararlo todo. Tenía miedo de que intentara robar de nuevo la varita, pero tenía que correr el riesgo. La convencí de que el sheriff seguiría vigilándola a menos que le proporcionara nuevas pistas que seguir. Para mi sorpresa, accedió. Ambas sabíamos que eso iba a incluir preguntas incómodas sobre la varita. Su conducta hasta el momento creaba confusión y la incriminaba, y esperaba que esta vez colaborara de verdad.

La tía Pearl todavía no había sido acusada formalmente, pero había una parte de mí que pensaba que aquella celda era el sitio más seguro para ella. Como bruja, podía fugarse en cualquier momento, pero eso solo empeoraría las cosas para ella. Tenía que convencerla para que se quedara quieta mientras yo obtenía todas las pruebas necesarias para acusar a Tonya. Cualquier otra cosa podía contribuir al plan de Tonya de culpar a la tía Pearl. No tenía pruebas de ello, solo un presentimiento y la certeza de que ningún miembro de mi familia, ni siquiera la tía Pearl, era capaz de asesinar.

Otra parte de mí se preguntaba por qué el sheriff Gates había preferido detener a la tía Pearl antes que centrarse en las pruebas que incriminaban a Tonya y a Jack. La ley operaba en frío, sobre hechos reales, y yo por fin había encontrado pruebas que no señalaban a la tía Pearl. El sheriff tenía muchos motivos para interrogar a esos dos, pero ya había utilizado la única celda que tenía disponible. Esperaba que supiera bien qué estaba haciendo.

El plan de la abuela Vi de mantener a la tía Pearl alejada de Tonya no tenía sentido con mi tía bajo custodia, así que volvíamos a estar en el punto de partida. Había llegado a la comisaría pocos minutos después de la llamada del sheriff, acompañada por la abuela Vi.

Tras varios intentos frustrados de convencer a la abuela de Vi de vigilar a Tonya, me di por vencida. Entendía las prioridades de la abuela, la tía Pearl tenía más de setenta años, pero seguía siendo su hija. Su instinto maternal se interponía.

—Tenemos que sacarla de ese antro, Cen.

—Tranquila, abuela. Creo que solo está aquí para que la interroguen.

En el fondo estaba preocupada porque el sheriff no había explicado los motivos exactos por los que la mantenía bajo custodia. Conociendo a la tía Pearl, podía ser cualquier cosa. De repente, un incendio provocado parecía algo menor en comparación con el asesinato. Me preocupaba que hubiera llegado demasiado lejos.

Esperamos en la pequeña recepción de la oficina que servía de comisaría de Westwick Corners. Había media docena de sillas con respaldo de vinilo en la sala de espera y un mostrador de madera que provenía del antiguo ayuntamiento de 1970. Cogí una revista de hacía dos años y la hojeé, pero no podía concentrarme.

La comisaría se encontraba en la primera planta del ayuntamiento. Era el último lugar en el que quería estar en ese momento. El despacho del alcalde se encontraba en el mismo edificio y corría el riesgo de encontrarme con Brayden.

La abuela Vi se paseaba, o más bien levitaba, por toda la estancia y por la sala en la que se encontraban el sheriff y la tía Pearl.

—¿Puedes parar? Tus paseos frenéticos me dan dolor de cabeza.

—No puedo evitarlo, Cen. No pinta bien para Pearl. Le está haciendo un interrogatorio exhaustivo.

La abuela Vi se inclinó sobre mí. Su imagen era más clara de normal, debido al estrés emocional que le producía ver a su hija siendo interrogada.

Las voces provenientes del despacho del sheriff apenas se oían, pero estaba bastante segura de que pertenecían a Tyler Gates y a la tía Pearl. No había nadie más allí.

—Solo has oído fragmentos de la conversación. Tal vez hayas malinterpretado algo.

Me molestaba que la abuela Vi se hubiera colado en el despacho para escuchar. Concretamente, me irritaba que ella pudiera escuchar a escondidas y yo no.

La abuela Vi negó con la cabeza.

—El mensaje estaba más claro que el agua. El sheriff Gates no tiene más sospechosos. Pearl va a caer.

Hizo un gesto exagerado con el pulgar hacia debajo.

—Solo es una técnica de interrogación. No creo que sea buena idea que les escuches, abuela. Solo vas a estresar más a la tía Pearl, ya que ella puede verte. Quizá diga algo inadecuado.

La combinación de la abuela Vi y la tía Pearl podía provocar más problemas de los que yo era capaz soportar. Pearl podía fugarse fácilmente, por eso estaba allí. Cuanto antes alejara a esa loca del sheriff, mejor.

—Calla, que viene el sheriff.

La abuela se refugió en una esquina del techo justo delante de mí.

Tyler Gates no parecía muy contento, lo que no era de extrañar, teniendo en cuenta que la tía Pearl no le había puesto las cosas en bandeja. Era su segundo día de trabajo y probablemente ya se estuviera arrepintiendo de haberlo aceptado.

—Voy a mantener a Pearl bajo custodia.

Me sobresalté.

—¿Vas a arrestarla?

Le había prometido a la tía Pearl que el interrogatorio duraría sobre una hora. Debía de estar muy furiosa conmigo.

—Técnicamente, no. Pero quiero que pase aquí la noche. Me preocupa su seguridad, así que he decidido mantenerla en custodia protectora. Así puedo tenerla vigilada.

Pensé que tenía que preocuparse por cualquiera menos por ella, pero no iba a decírselo.

—Sabe cuidar de sí misma. Pero si te preocupa, puedes dejarla bajo mi custodia. Prometo no quitarle el ojo de encima.

Tyler negó lentamente con la cabeza.

—Me temo que no puedo hacer eso. Ha amenazado con herirse a sí misma.

Eso no me lo creí ni un instante.

Sospeché que la tía Pearl había intentado librarse del interrogatorio y le había salido el tiro por la culata.

—Es todo palabrería. Su seguridad no es motivo suficiente para mantenerla entre rejas.

—No es el único motivo. Está demasiado implicada en el caso.

Me puse en pie.

—La tía Pearl no es ninguna asesina. Sé que no es lo que parece, pero ella no lo hizo.

Una leve sonrisa se dibujó en los labios de Tyler Gates.

—No ha dicho en ningún momento que lo hiciera ella. Está retenida por obstrucción de la justicia, no por asesinato.

—Ah.

Me relajé un poco al asimilar sus palabras. Por una parte, sentí alivio, pero por otra, temía los estragos que pudiera causar desde el interior de la comisaría.

—Lo siento, pero no tengo elección. El gobernador me está presionando para que resuelva el caso, y tu tía no deja de causar problemas. No puede sustraer pruebas así como así.

—¿Qué?

Me sentía como un disco rayado, pero no se me ocurría nada que decir sin incriminarme a mí misma.

—De algún modo consiguió sacar el bastón que habíamos confiscado como prueba. Es una caja fuerte, así que no sé ni cómo lo hizo. El armario no estaba forzado y yo tengo la única llave. Pearl no me ha dicho cómo se las apañó, pero la pillé con la prueba en las manos.

Fijó sus suaves ojos marrones en mí y me estremecí, a pesar del calor sofocante que hacía en el despacho.

—Sí, necesita el bastón.

—Le sugerí que consiguiera otro, pero se negó. Estaba dispuesto a darle algo de margen, pero se ha entrometido en una investigación de asesinato.

—Has hecho lo correcto.

Podría hacer mucho más si no tenía que ir constantemente detrás de la tía Pearl. Sin duda alguna, huiría de la justicia, pero ya me ocuparía de eso llegado el momento. De hecho, su encarcelamiento me permitía investigar un poco más sobre Jack y Tonya.

Tyler Gates me indicó que me sentara y tomó asiento a mi lado.

—Acabo de hablar con el forense. Se han encontrado cristales de oxalato de calcio en los riñones de Sebastien Plant. Tenía una intoxicación de etilenglicol.

En la mano izquierda tenía una carpeta donde se podía leer *Plant – Informe forense*.

Me llevé las manos a la boca.

—Tenía razón con lo del anticongelante.

Asintió.

—Tenemos el vídeo de la cámara de vigilancia de Walmart en el que sale Tonya a la misma hora que indica el ticket.

Por fin una prueba sólida que apuntaba a alguien distinto de la tía Pearl.

—Así que, ¿Tonya es oficialmente sospechosa?

—Ahora mismo, no puedo decir nada más, y tú tampoco. Solo quería informarte de que hemos seguido la información que nos has proporcionado. No puedes informar de esto hasta que lo comunique más tarde.

Me puse en pie, aliviada de que la tía Pearl ya no fuera el centro de atención.

—¿Puedo ver a mi tía?

Miré hacia arriba, pero la abuela Vi había desaparecido. Sospeché que ya estaría compadeciéndose de la tía Pearl en su celda.

—No veo por qué no. Pero recuerda no mencionar nada del informe forense aún.

Se lo prometí y me indicó que le siguiera por el pasillo hasta la celda solitaria. La tía Pearl, sentada sobre la cama, nos miraba mientras nos acercábamos. Era una celda, pero tenía elementos acogedores como una colcha de ganchillo o una alfombra trenzada sobre el suelo de linóleo.

A la tía Pearl no parecía impresionarle la decoración. En cuanto nos acercamos, refunfuñó:

—Quiero un abogado.

La ignoré y observé fijamente al sheriff.

Se limitó a fruncir el ceño.

—De acuerdo. Las dejo solas unos minutos.

Westwick Corners estaba en bancarrota, así que estaba bastante segura de que la celda no contaba con costosas cámaras de vigilancia ni con dispositivos de escucha. Y aunque estuviéramos vigiladas, tenía preguntas que necesitaban ser respondidas.

—¿Qué pasa con Tonya? Se suponía que debías seguirla.

—Por eso estaba en la gasolinera. La seguí, pero se metió en una camioneta de Centralex.

La tía Pearl escupió en el suelo al pronunciar el nombre de la compañía, como si le dejara un mal sabor de boca.

—¿Llegaste a ver quién conducía la camioneta?

La tía Pearl asintió.

—Era el hippie de pelo largo que ha estado rondando últimamente por el hostal.

—¿Te refieres a Jack Tupper? ¿En que se aloja en la vieja habitación de la abuela Vi?

Me sobresaltó una voz baja maldiciendo desde arriba y miré para ver a la abuela Vi sacudiendo el puño y murmurando para sí misma.

—Ese mismo —confirmó la tía Pearl—. No podía seguirlos porque yo iba a pie. Y entonces fue cuando me cogió el sheriff. ¿Desde cuándo es un delito comprar gasolina?

—No tendrías que haber huido de él, tía Pearl.

—Iba a arrestarme, Cen. ¿Por qué? —preguntó sacudiendo los brazos—. Soy inocente. Quiero un abogado.

Según el sheriff, la tía Pearl aún no había sido técnicamente arrestada, pero no quería acalorar la discusión.

—¿En qué dirección se fue la camioneta?

—Tomaron la autopista en dirección a Shady Creek.

Me hundió el ánimo.

—Ahora los hemos perdido a los dos. Nunca sabremos qué traman.

Tanto Tonya como Jack tenían motivos de peso. Tonya había conseguido el control del imperio Travel Unraveled, y ambos, como amantes, si es que lo eran, había eliminado el obstáculo que se interponía entre su relación. Tonya tenía que deshacerse de la tía Pearl para seguir con los planes de desarrollo, así que tenía sentido echarle la culpa del asesinato.

—No os preocupéis. —La abuela Vi descendió desde el techo y se inclinó tras la tía Pearl—. Yo los seguiré. ¿Dónde está CentraleX? Empezaré por allí.

Saqué el móvil y busqué la dirección. Tener un fantasma de nuestro lado era una gran ventaja.

—Voy contigo.

CAPÍTULO 31

Pisé el acelerador a fondo y tomé la autovía hacia Shady Creek para ir a Centralex. Esperaba que Tonya y Jack se dirigieran allí, porque no tenía otro modo de encontrarlos.

Era difícil concentrarse en la carretera con la abuela Vi levitando por el coche. Los fantasmas no se sentaban, se inclinaban, y siempre parecía taparme la visión cuando intentaba mirar por el retrovisor. Su imagen traslúcida estaba envuelta en una especie de niebla difusa que también me dificultaba la vista hacia el frente.

—Mantén los ojos en la carretera, Cen, o nos matarás.

La abuela se acercó peligrosamente a una de las ruedas delanteras. Dudaba que un fantasma pudiera ralentizar la rueda, pero aun así me ponía de los nervios.

—Ya estás muerta, ¿recuerdas?

—Y tú lo estarás pronto como no aminores la velocidad —refunfuñó y se retiró al asiento trasero.

Cambié de tema.

—¿Recuerdas qué más cosas pasaron en la habitación de Tonya y Jack?

—¿Te refieres aparte del sexo?

—Sí, aparte de eso. ¿De qué hablaron?

—No estaba escuchando atentamente, pero recuerdo algo sobre una boda.

—¿De uno con el otro?

Sentí un nudo en la garganta al oír hablar de bodas. Otro motivo de asesinato, aunque no podía decirle al sheriff que me lo había contado un fantasma cotilla. Tenía que comprobarlo.

—Tonya le dijo a Jack que tendrían que esperar un año hasta que pasara la polémica del asesinato de Sebastien. Solo oí eso.

—¿Estás segura? Intenta recordar. Sabemos que uno de los dos mató a Sebastien Plant. Solo tenemos que demostrarlo.

—¿Por eso les seguimos hasta Shady Creek? —La abuela se inclinó ante mi asiento, volviendo mi vista borrosa—. Me parece una pérdida de tiempo. ¿Esta tarea no le corresponde al sheriff?

—No puede enfrentarse a la magia, abuela. Necesita nuestra ayuda.

—Se las apañó bastante bien con Pearl. Ahora que lo pienso, ¿por qué ayudamos al sheriff Gates? Tiene a Pearl en chirona. Eso es persecución.

—Se lo ha buscado, y lo sabes. —No podía esperar que la abuela Vi fuera objetiva cuando su propia hija estaba implicada—. Un asesinato es algo mucho más serio, y Tonya y Jack intentan hacerse con nuestras tierras. Estamos apoyando a nuestra propia causa. Nos interesa ayudarle parándoles una trampa a Tonya y a Jack.

—Ese *hippioso* ya se ha hecho con mi habitación. Lo quiero fuera. —La abuela Vi levitaba de un lado a otro—. Exactamente, ¿cómo lo hacemos?

—Decimos que hemos cambiado de opinión y que hemos decidido vender. Yo solo vengo de parte de mamá, Pearl y Amber, las verdaderas propietarias, así no tendrán más elección que volver a Westwick Corners.

La abuela Vi resopló.

—Parece arriesgado. ¿Yo no tengo voz ni voto?

—Claro que sí, pero eres un fantasma, ¿recuerdas? Les dejaste la propiedad a tus hijas, así que ellas deciden qué hacer con ella. Solo es una treta, no vamos a vender de verdad.

—Más os vale. Quiero recuperar mi habitación. Y ahora que has cancelado la boda más aún.

—Por mí bien. —No era mi decisión, pero no estaba dispuesta a pasarme el trayecto discutiendo con la abuela Vi. Nos sacaríamos de nuestras casillas mutuamente—. Primero tenemos que encontrar a Tonya y a Jack. Les engañaremos para que vuelvan a Westwick Corners.

Condujimos durante media hora más en silencio hasta que llegamos al desvío de Shady Creek. Salimos de la autovía y recorrimos otro kilómetro hasta llegar al centro. Centralex se encontraba en el edificio más alto, una monstruosidad acristalada que parecía brotar de los viejos edificios de ladrillo y madera como una mala hierba.

Reduje la velocidad al llegar al edificio, pero sentí una oleada de terror ante la idea de entrar al aparcamiento.

—Te has pasado la entrada —señaló la abuela Vi.

—Lo sé. Tengo que elaborar un plan.

Giré en la siguiente esquina, rodeando el edificio.

—¿En serio, Cen? Has tenido mucho tiempo para pensar durante todo el camino. Deja de darle tantas vueltas a las cosas y actúa.

—Para ti es fácil de decir, eres invisible. —aminoré la marcha y volví a la parte delantera del edificio. Sonreí para mis adentros al ver estacionada la camioneta de Centralex. Mis esperanzas se desvanecieron enseguida, cuando vi otras tres camionetas idénticas—. Ojalá hubiera un modo fácil de saber si están aquí o no.

La abuela Vi suspiró.

—Iré a echar un vistazo mientras esperas en el coche.

—Ni hablar. —La abuela Vi no podía conducir, pero sin duda alguna se metería en problemas dentro de la sede de Centralex. Busqué una plaza apartada y aparqué el coche—. Vamos.

Mientras me acercaba al edificio, tuve la sensación de que no había vuelta atrás.

CAPÍTULO 32

*E*mpujé la pesada puerta de cristal de la sede de Centralex, sorprendida porque estuviera abierta un sábado. La sostuve momentáneamente para que pasara la abuela Vi. Era la fuerza de la costumbre, porque era totalmente innecesario, ya que podía atravesarla.

La planta principal daba a un gran patio interior de cristal con unas escaleras a un lado.

—Espera aquí —le dije a la abuela Vi.

Subí por las escaleras hasta la segunda planta. Caminé de puntillas sobre la moqueta hacia las voces que se alzaban desde el final del pasillo.

Había dos personas hablando, pero a juzgar por el timbre de sus voces, se trataba de dos hombres.

Me coloqué en la pared opuesta a la estancia de la que salían las voces. Desde mi nuevo punto de vista, observé, a través de la puerta, una gran mesa de conferencias. Los dos hombres se sentaban a unos tres metros el uno del otro, y el que se sentaba de cara a mí era Jack.

Me quedé paralizada al reconocer la voz de Brayden.

—Hay que cambiar la zonificación, pero eso es fácil —dijo Brayden—. Los concejales suelen hacer lo que yo digo. La familia West pide más dinero, pero creo que aceptarán la oferta si se acerca razonablemente al valor del mercado.

Se me formó un nudo en la garganta cuando me di cuenta de que Brayden se refería a nuestra propiedad. La abuela tenía razón sobre el plan de Jack y Tonya, pero, al parecer, Brayden también estaba implicado. Había estado confabulado con Jack desde antes de nuestra ruptura. Eso dolía. Como alcalde se le planteaba un conflicto de intereses, pero ¿cómo podía traicionarme así?

Estaba tan cabreada que casi me planto en medio de la sala. Respiré hondo y me calmé intentando escuchar más de cerca. No necesitaba a la abuela Vi para leerle la mente a Brayden.

Jack le pasó una pila de documentos a Brayden por encima de la mesa.

—Aquí hay algo para ti. Para cuando acabemos con todo esto.

¿Había comprado a Brayden? Mi ex era muchas cosas, pero no era ningún delincuente. Estaba segura de que no sería capaz de aceptar un soborno, pero tampoco creía lo que estaba escuchando.

—No sé —contestó Brayden—. Será difícil abandonar la política.

—No tienes que hacerlo. Trabaja conmigo unos años y después vuelve a la política. —Jack se levantó de su asiento y caminó hacia Brayden—. Consíguenos contactos entre los políticos y te haremos un nombre. —Jack abrazó a Brayden y le dio una palmada en la espalda—. Todos salimos ganando.

—Es muy tentador —respondió Brayden—. Ahora ya no tengo nada que me ate a Westwick Corners.

Evidentemente, se refería a mí, pero también hablaba del pueblo al que tanto decía amar.

—Sí, lo siento, tío. He oído lo de la ruptura. —Jack le dio un puñetazo en el hombro—. Estarás mejor a largo plazo.

Me enfurecía que Jack me juzgara de esa manera cuando ni tan siquiera me conocía. Cada vez me caía peor.

—Lo sé —asintió Brayden.

Ahora sí que estaba furiosa. Brayden había superado lo nuestro muy rápidamente. Y ahora vendía el pueblo al mejor postor. Aunque aún no había hecho nada, el simple hecho de tener esa conversación con Jack lo convertía en un traidor ante mis ojos. Por lo que sabía, nunca había aceptado sobornos en metálico, ¿qué cambiaba en una oferta de trabajo? De todas formas, estaba aceptando una recompensa por cambiarse de bando, en lugar de velar por los intereses de sus electores, los habitantes de Westwick Corners.

Me sobresalté cuando me sonó el móvil. Brayden también lo había oído. Se acercó a la puerta y miró por el pasillo. Se quedó mudo de sorpresa cuando nuestras miradas se encontraron.

Jack me vio un segundo más tarde.

—Hablando del rey de Roma...

Señalé el móvil.

—Tengo que contestar.

Cogí la llamada mientras me apresuraba a pensar qué decir a continuación.

La voz de la abuela Vi me atravesó el cerebro.

—¿Dónde estás?

—No importa. ¿Por qué me llamas?

—Estoy esperándote en el vestíbulo. ¿Hemos terminado ya? Quiero volver a Westwick Corners —sollozó con dramatismo.

—Los fantasmas no usan teléfonos —susurré, me aparté de la puerta lo más rápido que pude y me alejé por el pasillo.

—¿Te acabo de llamar, verdad?

—¿De dónde has sacado mi número?

—Ay, Cen. A veces eres ridícula. No necesito el número, ni tampoco necesito llamarte. —La imagen de la abuela Vi se materializó lentamente ante mí. Después de todo, no había usado ningún teléfono, solo la magia—. Tenía que hacer algo para captar tu atención, así que lo he hecho sonar. Estoy aquí para contarte mis descubrimientos.

—¿Qué descubrimientos? Se supone que tenías que esperarme bajo.

CAPÍTULO 33

—¿Qué haces aquí? —Jack entornó los ojos y me analizó—. Y, ¿por qué narices hablas sola?

La abuela Vi rio disimuladamente mirándole desde el techo.

Brayden siguió a Jack por el pasillo.

—Siempre lo hace.

Ignoré a Brayden y me centré en Jack.

—Espero que no sea demasiado tarde. Hemos decidido vender.

—Cen, eso es fantástico. —Brayden corrió hacia mí—. No os arrepentiréis.

—Te escucho —dijo Jack—. Pero hemos encontrado otra propiedad, así que quizás sí sea demasiado tarde. O quizás no podamos ofrecerte tanto dinero. Ahora mismo están considerando nuestra oferta.

Ignoré el farol.

—Mamá, la tía Amber y la tía Pearl están listas para firmar los papeles bajo una condición.

—¿Cuál?

—Tienes que volver a Westwick Corners. La tía Pearl tiene los movimientos un poco restringidos ahora mismo y no puede salir del pueblo. ¿Puedes?

—Supongo que sí.

Una sonrisa triunfal se dibujó en el rostro de Jack.

—Perfecto. Reunámonos mañana por la mañana. —Teníamos que asegurarnos de que Tonya sufriera las consecuencias de la justicia de la AIAB, antes que las del sheriff Gates. Caminé unos pasos hacia las escaleras y me di media vuelta—. Y una cosa más.

—¿Qué?

—Que venga Tonya también.

—¿Tonya Plant? ¿Por qué iba a…?

—Sé lo de vuestra relación y los planos del complejo. —Señalé a Brayden—. Me lo contó Brayden.

Los ojos de Jack se abrieron como platos. Miró a Brayden pero no dijo nada.

Brayden se quedó mudo de la sorpresa.

—No pensarías que iba a tener secretos con su prometida, ¿verdad?

—Yo no le he dicho nada. —Brayden se volvió hacia Jack—. No sé de qué habla. No he dicho ni una palabra.

Me encogí de hombros y me fui por las escaleras con la abuela Vi detrás. Bajaba los escalones angustiada, pensando en cómo había podido ser tan crédula. Había confiado ciegamente en Brayden como una tonta, ignorando que nunca me había sido leal en primer lugar. Esperaba que la abuela Vi no hiciera una montaña y me repitiera que había tenido razón. No estaba de humor.

La abuela Vi me apremió impaciente desde la puerta.

—Date prisa, no tenemos todo el día.

* * *

—¿Y a ti qué te pasa? —Miré interrogante a la abuela Vi que había estado extrañamente en silencio durante todo el trayecto de vuelta a Westwick Corners—. Estás muy callada.

La abuela se encogió de hombros y se inclinó sobre el asiento del copiloto. No se había movido del sitio desde que habíamos salido de

Shady Creek media hora antes. Me facilitaba la conducción, pero al mismo tiempo me preocupaba. Algo pasaba.

No la presioné, decidí disfrutar del silencio por un rato. Era un día precioso, soleado, perfecto para un trayecto paisajístico. También quería aprovechar la tranquilidad antes de tener enfrentarme a Tonya de nuevo.

El ruido de unos golpes provenientes de la parte trasera del coche me sobresaltó. No sabía mucho de automóviles, pero recordé que una vez se me soltó el tubo de escape del coche viejo. Este ruido no tenía el mismo traqueteo, pero era lo único que se ocurría. Que tal vez tuviera el tubo de escape suelto.

—Voy a parar. Creo que alguna parte del coche se ha estropeado.

—¡No, no! —La abuela Vi agitó los brazos frenéticamente—. Sigue conduciendo.

—No puedo, no si el coche se desmonta.

Ralenticé y me aparté hacia el arcén.

—Cen, escúchame. —La abuela Vi levitaba a pocos centímetros de mi cara. Transparente o no, apenas podía ver delante de mí. Era como conducir con niebla espesa, solo que, ese día, el sol resplandecía—. Tonya está en el maletero.

El coche se sacudió cuando una de las ruedas se salió de la carretera. Aterrizó con un ruido sordo en el suelo de grava.

Quité una mano del volante para apartarla, pero, como era de esperar, la atravesó.

—¡Quítate de en medio, abuela! No veo nada.

Se retiró otra vez al asiento del copiloto.

—Uy, lo siento.

—¿Por qué no me lo has dicho antes?

En ese momento comprendí que el ruido era alguien dando golpes desde el interior del maletero.

—No quería asustarte, porque habrías bajado la velocidad y habríamos acabado... como estamos ahora.

—Ya veo. —Pero no veía nada claro—. Tonya es bruja. ¿No puede usar la magia para escaparse del maletero?

—No puede contra mi magia, pero no tenemos mucho tiempo. Mis hechizos fantasmagóricos no dudan mucho. Creo que nos quedan cinco o diez minutos antes de que se desvanezca. Así que vuelve a la autovía y acelera.

—No entiendo nada. Tonya habría venido de todas formas.

—Cen, calla —dijo la tía Pearl señalando hacia detrás con la cabeza.

—¿Qué?

La abuela Vi se llevó un dedo a los labios indicando silencio y se señaló la cabeza.

Claro. Como la abuela podía leer la mente, solo tenía que pensar mis preguntas. Así Tonya no las escucharía. Pero, ¿no oiría las respuestas de la abuela? Quizás el hechizo también se ocupaba de ello.

La abuela Vi subió el volumen de la radio a tope y articuló las palabras con los labios.

—Antes de que Tonya y Jack respondan por sus crímenes en Westwick Corners, Tonya tiene que responder ante la AIAB. También ha cometido crímenes sobrenaturales, y esos tienen prioridad.

Al menos eso es lo que creí que decía.

—¿Por eso la has secuestrado?

El sentido de la justicia de la abuela Vi me incomodaba y no podía imaginar cómo se las había arreglado para meter a Tonya en el maletero. Era físicamente imposible. La abuela Vi tenía ases bajo la manga fantasmal.

—No lo he hecho. Tenía una orden de arresto. —Sonrió—. Y una buena recompensa por su cabeza.

CAPÍTULO 34

La tía Pearl estaba esperándonos cuando llegamos a la Escuela de Encanto Pearl. Se había ausentado injustificada y sobrenaturalmente de la cárcel de Westwick Corners para repartir justicia. Esperaba que el sheriff no fuera a visitarla en unas horas. Teníamos que ocuparnos de asuntos de la AIAB.

—Hazel ha ido delante para arreglar trámites en la oficina de la AIAB de Londres —dijo la tía Pearl.

La justicia de la AIAB era rápida, pero había muchas cosas que podían salir mal antes de que entregáramos a Tonya al tribunal.

Alan corrió hasta nosotras, moviendo la cola.

—Nos llevamos a Alan.

—No es buen momento, Cen.

—Sí, es el mejor de los momentos.

—Tiene razón, Pearl —intervino la abuela Vi y señaló hacia el maletero desde el que Tonya gritaba y pataleaba—. No tenéis tiempo que perder. Será mejor que os vayáis.

Su última frase me alarmó. Pensar que la tía Pearl y yo teníamos que mantener a Tonya a raya me aterraba. También teníamos a Alan, pero en su forma actual sus habilidades estaban limitadas.

—¿No vienes con nosotras?

La abuela Vi negó con la cabeza.

—No. Ahora que he vuelto a casa no tengo intención de marcharme, caiga quien caiga. Ahora daos prisa.

Seguí las instrucciones que me dio la tía Pearl sobre teletransportación y, en menos de cinco minutos, nos materializamos ante un alto edificio de acero. Estaba bien iluminado, a pesar de que era entrada la noche. Las calles del centro estaban silenciosas y vacías. Tenía un aspecto cuanto menos espeluznante.

La puerta de entrada giratoria empezó a dar vueltas lentamente. Supuse que era una invitación, así que entramos. En primer lugar la tía Pearl, después Tonya, y yo en la retaguardia. Subimos al ascensor que había aparecido delante de nosotras. La puerta se cerró y la tía Pearl pulsó el botón que llevaba a la planta número sesenta y siete.

Nos elevamos en silencio. Las primeras palabras de la tía Pearl sobre Tonya, diciendo que era una bruja pésima me tranquilizaban, hasta que me di cuenta de que, probablemente, dijera lo mismo de mí.

Cuando las puertas del ascensor se abrieron nos recibieron dos guardias bien fornidos. Uno de ellos se llevó a Tonya a través del pasillo hasta la sala de espera. El otro nos condujo a la oficina principal. La tía Pearl, Alan y yo lo seguimos hasta la sala de conferencias de la AIAB.

La Asociación Internacional del Arte de la Brujería era una organización mundial con siglos de antigüedad, así que creía que la oficina de Hazel en Londres sería de madera y ladrillo, con las paredes oscuras, ubicada en una vieja mansión llena de chimeneas de piedra.

Era justo lo contrario. Más que mística y rural, la decoración de su oficina era clara, minimalista y moderna, exactamente lo que le corresponde a la planta sesenta y siete del edificio más alto de Londres. El mobiliario era escaso, moderno y blanco, repleto de cromo y vidrio y muy iluminado. Como todo lo demás, la AIAB había cambiado con el tiempo.

La imagen romántica y misteriosa que tenía de la AIAB era porque conocía muy poco sobre ella. De hecho, siempre había intentado ignorarla y todo lo que tuviera que ver con mi lado sobrenatural, pero las clases de magia con la tía Pearl me habían abierto las puertas a un nuevo mundo, un mundo que nunca, hasta ahora, había querido ver.

También veía a mi tía desde una nueva perspectiva. Sí, era estrafalaria y cabezota, pero también se preocupaba mucho por Westwick Corners y haría cualquier cosa para proteger el pueblo y nuestro modo de vida. Además, se tomaba muy en serio sus habilidades. Estaba orgullosa de ella, aunque nunca lo admitiría.

La tía Pearl y yo éramos los dos testigos clave contra Tonya, y no quería estropear las cosas. Teníamos una ardua tarea por delante. Teníamos que demostrar las infracciones mágicas ante el sistema judicial de la AIAB. Esperaba que nuestras afirmaciones resistieran el escrutinio sobrenatural.

La tía Amber nos condujo hasta la sala de juntas, donde Hazel ya estaba sentada a uno de los extremos de la enorme mesa blanca de reuniones. La tía Amber se sentó a la izquierda de Hazel y la tía Pearl y yo junto a ella.

Hazel permaneció sentada sin decir nada. Por su expresión cansada y sus ojos hinchados y enrojecidos, era evidente que había estado llorando. Debido a su relación con Sebastien, no podía ser parte del jurado, pero, como presidenta de la AIAB, se requería su presencia.

Alan me siguió y se sentó a mis pies. Estaba decidida a acabar con las excusas de Hazel. Una mirada de esos conmovedores ojitos marrones haría que se sintiera culpable y que lo devolviera a su forma humana, pero tenía que esperar a que terminara la audiencia.

Dirigí la mirada al lado opuesto de la mesa, a las tres juezas que decidirían el destino de Tonya. Las tres mujeres, de aspecto frágil y cabello canoso, aparentaban al menos noventa años. Todas tenían una mirada arrugada y erudita. Esperaba que significara que conocían bien los términos de la ley de la AIAB.

Los seres sobrenaturales necesitaban elementos de disuasión sobrenaturales. Esa era la razón por la que la AIAB disponía de su propio sistema judicial, y por eso nuestra misión era tan importante.

El ambiente en la sala era tenso. El cúmulo de emociones estaba listo para encenderse cuando Tonya entro escoltada por un guardia.

Miró al suelo evitando cualquier contacto visual cuando la primera jueza leyó los cargos contra ella.

La acusación más grave, la de abuso de poderes sobrenaturales, tenía el castigo más severo. Si se la declaraba culpable, Tonya sería expulsada de la AIAB y privada de sus poderes para siempre.

Las condenas de los mortales parecían un regalo al lado de las de la AIAB, y la prisión de Washington no era nada comparada con las sentencias mágicas. Si el tribunal de la AIAB declaraba a Tonya inocente, sus poderes permanecerían intactos. Podría escapar fácilmente de una cárcel de Washington y huir con sus delitos. Por eso tenía que ser juzgada primero por la AIAB. Lo único que teníamos que hacer era aportar pruebas de que Tonya había cometido un crimen usando la brujería. Probar el crimen era fácil, ya que teníamos una gran cantidad de indicios que demostraban que había matado a su marido. Lo más difícil era demostrar cómo había usado sus poderes para hacerlo.

—Primer testigo —dijo la jueza número uno—. Diga su nombre completo y dirección.

Me empezaron a sudar las manos al detallar mis datos. Poco a poco me fui relajando al resumir los hechos, desde el hallazgo del cuerpo de Sebastien Plant en la glorieta hasta el descubrimiento del anticongelante en el vaso de Sebastien en la mesita de noche.

La jueza número dos cruzó los dedos de sus venosas manos.

—¿Eso es todo? No veo la implicación de la magia en todo el proceso.

—No, hay más.

El futuro de Westwick Corners dependía de mi última prueba. ¿No era suficiente?

Saqué tres copias del informe del forense de mi bolso. Había usado la magia para hacer las copias, lo que me convertía en alguien tan malo como la tía Pearl. Era para asegurarme de que se hacía justicia. O al menos es lo que me decía para autoconvencerme mientras les repartía las copias a los jueces.

—El informe demuestra que Tonya envenenó a Sebastien antes de que Jack lo golpeara con la palanca de hierro. Sebastien ya había ingerido veneno cuando él y Tonya llegaron, pero le dio más en la habitación. Sus huellas están en el vaso, y se ha encontrado su ADN en el borde. Basándonos en las estimaciones del forense, bebió una dosis letal de anticongelante después de que llegaran. Pearl puede confirmar la hora de llegada. Aun así, no llegó a la glorieta hasta horas después. Para entonces, ya habría perdido la habilidad de mantenerse en pie, y sobre todo, la de caminar.

Eché un vistazo a los jueces para valorar su reacción, pero sus rostros permanecieron inexpresivos. La tía Pearl se retorció en su asiento a mi lado.

—Alguien tuvo que mover a un Sebastien Plant de más de ciento treinta kilos hasta la glorieta. —Cogí aire y saqué mi última arma, mi portátil. En él había imágenes de nuestra cámara de vigilancia—. Se puede ver a Tonya y a Sebastien levitando en los alrededores del hostal.

Tonya se puso en pie.

—Eso no demuestra nada.

—Demuestra que estabas fuera con Sebastien, y no durmiendo como habías dicho. Las imágenes de la cámara son de las siete y media de la mañana, y si miras con atención, se puede ver que Sebastien tiene los ojos cerrados. Está claramente inconsciente. —Los rostros de los jueces siguieron inexpresivos al ver el vídeo de vigilancia—. También demuestra que Tonya utilizó sus poderes para llevarlo hasta la glorieta. —Me di la vuelta y miré fijamente a los jueces, que se inclinaron hacia delante a la vez. El vídeo no mentía, pero demostraba que Tonya sí—. Tonya intentó inculpar a Pearl, también miembro de la AIAB, del asesinato. Pero se delató con la nota que dejó en la escena del crimen. —Saqué una copia de la nota y se la deslicé por encima de la mesa a los jueces—. Escribió *Unraveled* con dos *eles*.

La jueza número tres frunció el ceño en señal de confusión.

—Comete faltas de ortografía, ¿y qué?

—No es ningún error, su señoría. Pearl es estadounidense y utiliza la ortografía americana, por lo que solo habría escrito una *ele*.

—Hay mucha gente que escribe con la ortografía británica. Hazel, por ejemplo —protestó Tonya—. Eso no me convierte en culpable.

Negué con la cabeza.

—Hazel no habría sido capaz de encontrar rimas si su vida dependiera de ello. —Hazel me fulminó con la mirada, a pesar de que acababa de demostrar que estaba de su parte—. La científica analizó la nota y encontraron las huellas de Tonya por todo el papel. No había huellas de Hazel.

Les pasé el informe. La jueza número dos lo cogió con una mano huesuda. La tía Pearl se encogió de hombros.

—Ya he pasado un tiempo en el calabozo por culpa de la falsa acusación de Tonya. Quiero justicia.

—¿Tonya intentó culpar a otro miembro de la AIAB= —preguntó la jueza número tres con voz entrecortada.

Asentí.

—Y también convenció a Jack de que él había matado a Plant. Cuando le golpeo con la palanca de hierro, no sabía que Tonya ya le había dado a Sebastien una dosis letal de etilenglicol o anticongelante.

Hazel se quedó sin aliento.

—¿Cómo se declara, Tonya? —preguntó la jueza número uno.

—Culpable.

CAPÍTULO 35

Me desperté temprano y me dirigí a la oficina, renovada tras una noche de sueño y con la certeza de que Tonya Plant había sido privada de sus poderes. La decisión de las tres juezas de la AIAB había sido unánime. Tonya tenía que ser inmediata y permanentemente privada de sus poderes, y cumpliría una sentencia de diez años para la AIAB cuando terminara con la de Washington.

También hubo justicia para Alan. Hazel había deshecho el hechizo y le había devuelto a mi hermano su forma humana. Había vuelto a ser el mismo tras un buen y copioso desayuno del hostal.

Tonya estaba en libertad provisional mientras esperaba la sentencia, pero llevaba una tobillera monitorizada que permitía conocer su paradero en cualquier momento. Sin duda alguna, estaría con Jack, de camino a Westwick Corners en ese mismo momento.

Sabía que volvería porque soñaba con su complejo en el vórtice de Westwick Corners. Ella tenía la certeza de que, a pesar de la condena de la AIAB, podría llevar a cabo su plan. Lo único que les faltaba era arreglar la documentación con nosotros para cerrar el trato.

Tenía otra cosa en mente basada en algo que ahora estaba en posesión del sheriff Gates. Me moría de ganas de ver a Jack y a Tonya arrestados y que se sirviera justicia, y nuestra disposición a aceptar por fin su oferta los acabaría delatando.

Mientras esperaba a que llegaran, tenía que acabar el artículo del *Westwick Corners Weekly*. Vaya semanita. Un asesinato, la cancelación de una boda (el tipo de cosa que salía en portada en nuestro pueblo), un alcalde corrupto y, para acabar, la noticia de que teníamos un vórtice en nuestro pueblo. ¿Quién iba a saberlo?

Por otro lado teníamos la noticia que no podía publicar, la que había sacudido a todo el mundo mágico: una de las nuestras había sido responsable de un crimen horrendo e iba a pagar el precio. Esa noticia no me necesitaba. Se había escrito sola.

Mi artículo original sobre la gran inauguración del hostal Westwick Corners parecía una nimiedad en comparación con el resto de noticias, así que no tenía opción, tenía que descartarlo y sustituirlo por la del asesinato de Sebastien Plant. La pérdida de publicidad probablemente sería perjudicial para nuestro negocio, pero la otra noticia podía compensarla con creces.

Por una vez, el *Westwick Corners Weekly* estaría lleno de contenido original y no solo de cupones de descuento y anuncios. La gente conocería los hechos antes de que la historia se deformara y se embelleciera con los rumores. Solo había una historia verdadera.

En resumen, Westwick Corners era un lugar interesante, y valía la pena desviarse de la autovía. Era poco probable que los turistas leyeran el periódico local, pero la gente de aquí que lo hiciera, iría corriendo a Embrujo a comentar los últimos acontecimientos acompañados de unas copas. Podían salir cosas buenas de situaciones malas.

Comprobé el reloj y me di cuenta de que faltaba menos de media hora para la reunión con Jack y Tonya. Ellos creían que iban a comprar nuestra propiedad, pero nosotras teníamos algo totalmente diferente en mente.

Eso si llegaba a tiempo al hostal.

Las situaciones desesperadas requieren medidas desesperadas. Así que usé la magia para escribir una noticia sobre el asesinato; otra sobre los Plant y su empresa, Travel Unraveled, añadí un vórtice a la ecuación y ya tenía la versión definitiva.

Media hora después, el periódico estaba revisado, formateado y preparado para su publicación. Solo me quedaba subir las noticias al sitio web del *Westwick Corners Weekly* en el momento justo.

Me estaba bebiendo el café cuando me sobresaltó un gran ruido.

—¿Pero qué...? —Me atraganté y escupí el café por encima de la mesa.

Una fracción de segundo más tarde, la tía Pearl llegó por los aires atravesando el techo y aterrizando en la silla frente a mi mesa. A pesar de su corta estatura, la silla crujió por la velocidad del impacto. Cuarenta kilos de piel y hueso podían hacer eso si caían de una altura de tres metros. La propia tía Pearl parecía asustada.

—¡Maldita sea! Me estoy haciendo demasiado mayor para esto. —Hizo una mueca mientras se acomodaba bien sobre el asiento—. Jack y Tonya acaban de llegar al hostal. ¿Por qué estás todavía aquí?

La tía Pearl había quedado limpia de toda sospecha esa misma mañana, cuando el informe forense identificó que la palanca de hierro había sido el arma del crimen. La sangre encontrada en su varita, resultó ser de vaca, no humana. Todo había sido preparado para inculparla, pero el forense demostró su inocencia.

—Lo siento.

Me puse en pie y la seguí hacia la puerta.

—Recuerda que tienes que seguirme. —Saltó hasta debajo de las escaleras, golpeando el pasamanos con la varita—. Qué bien sienta ser libre.

Recordé mi casi boda y mi casi vida como esposa de político.

—No podía estar más de acuerdo.

CAPÍTULO 36

Mamá, la tía Pearl y yo seguimos a Jack y a Tonya a través del jardín hasta la glorieta. Tonya Plant y Jack Tupper III no sabían el verdadero motivo por el que se encontraban allí. Creían que iban a ver el arresto de la tía Pearl por el asesinato de Sebastien Plant en la misma escena del crimen.

Ambos estaban impacientes por verla arrestada, pero estaban aún más emocionados por firmar los papeles de la compraventa de nuestra propiedad.

Comprobé el reloj.

—La tía Amber tenía que haber llegado hace una hora. Seguro que llega en cualquier momento.

Era una mentira para entretenerlos.

—Eso tendrá que esperar —dijo el sheriff acercándose a nosotros—. Tengo que ocuparme de unos asuntos. Hay muchas preguntas sin respuesta sobre Sebastien.

Tyler señaló a Tonya, pero esta le ignoró. Estaba a pocos metros del resto del grupo, concentrada en la pantalla de su móvil.

Jack carraspeó mientras jugueteaba con los dedos.

Tonya necesitó unos instantes antes de darse cuenta de que todo el mundo la estaba mirando.

—No puede estar hablando en serio. Ya es extraordinario que le hayan contratado como sheriff de un pueblo tan pequeño. Nadie más aceptaría un empleo aquí. —El sheriff Gates pasó por alto el insulto—. La mayoría de la gente ni siquiera querría vivir aquí —añadió Tonya—. Ni los policías más incompetentes.

La tía Pearl entornó los ojos.

—Este pueblecito se encuentra sobre un vórtice, señorita. Estás celosa porque no puedes vivir aquí. Si crees que vas a hacerte con nuestro vórtice estás muy equivocada.

Mamá le tocó el brazo a la tía Pearl.

—Tranquila, Pearl. El vórtice es para todos.

—Pero no para arrebatarlo y explotarlo —intervine.

El sheriff Gates nos miró confundido.

—¿Qué vórtice?

Le quite importancia con un gesto de la mano.

—Luego te lo explico.

—Lo que sea. —Tonya le frunció el ceño al sheriff—. Sabía que esto sería una pérdida de tiempo. Tengo que irme, os dejo los documentos. Para cualquier pregunta dirigíos a mi asistente.

Se sacó una tarjeta de presentación del bolso y se la tendió al sheriff.

—Usted no va a ninguna parte —dijo.

—No puede darme órdenes. Soy libre de hacer lo que me plazca. Es usted un incompetente incapaz de encontrar al asesino de mi marido.

El sheriff ignoró también ese insulto.

—Queda detenida por el asesinato de Sebastien Plant.

—Qué ridiculez. Tengo una coartada. Me vieron todos en el hostal. —Nos señaló a mamá, a la tía Pearl y a mí con un gesto despectivo—. Estaba con ellas, aguantando el engorroso servicio al cliente que tienen a la hora del asesinato.

—Yo no recuerdo haberte visto —dijo la tía Pearl.

Le indiqué a mi tía que cortara señalándome el cuello. Mi tía era especialista en hacer que todo el mundo se enfadara y en sacar de quicio a la gente. Era lo último que necesitábamos en ese momento.

—Dudo mucho que recuerdes muchas cosas, vieja chocha.

Tonya se colgó el bolso al hombro y le hizo un gesto a Jack para que la siguiera.

Recordé que la tía Pearl me había comentado que Tonya era más mayor de lo que aparentaba. ¿Por qué seguía pareciendo joven si le habían quitado los poderes? Quizás necesitaba un plazo de tiempo para que hiciera efecto.

—¡No tienes ningún derecho a hablarme así!

La tía Pearl sacó la varita y estuvo a punto de utilizarla, pero lo paré justo a tiempo para que no tuviéramos que enfrentarnos a otro delito.

Por suerte, Tonya decidió ignorarla. Se volvió hacia Jack y le dijo:

—Vámonos.

Jack vaciló pero acabo dando media vuelta y siguiendo los tacones de Tonya.

—Esperad —dijo el sheriff Gates—. No podéis marcharos hasta que yo lo diga. Los dos tenéis muchas preguntas que responder.

—Me importa un comino —respondió Tonya—. Puede hablar con mi abogado. Estuve en el hostal todo el tiempo, así que no puede culparme del asesinato de Sebastien.

Demasiado para una viuda afligida.

—Ah, pero el asesinato no ocurrió en ese momento. Sebastien Plant murió mucho antes, y para ese lapso de tiempo no tiene coartada. Estuvo sola una hora, desde que Sebastien salió a pasear hasta que se encontró con Jack en su habitación.

—Eso no es cierto. No salí de mi habitación. Estas señoritas pueden confirmar que estuve en el hostal todo el tiempo. ¿Verdad, chicas?

Me miró y asentí.

—No salió a dar la vuelta con Sebastien.

—Lo ve, sheriff. No podría resolver el caso ni aunque su vida dependiera de ello. Está claro que Pearl West mató a mi marido con su bastón. Es ridículo buscar otras teorías. —Tonya marcó un número en su teléfono—. Estoy llamando al gobernador. Lo quiero fuera del caso inmediatamente.

—Nadie me va a sacar del caso porque el caso está resuelto. —Los ojos de Tyler me lanzaron una silenciosa mirada de agradecimiento mientras sacaba las esposas—. Queda arrestada por el asesinato de Sebastien Plant.

Le leyó los derechos a Tonya pero no la esposó al momento.

—Y una mierda permanecer en silencio. —Tonya le miró y se dio la vuelta. Gritó a través de su teléfono, pero, al parecer, no fue el gobernador quien contestó—. Pásame con él ahora mismo o haré que te despidan.

La típica actitud de una viuda afligida.

—Apague eso. —Tyler levantó las esposas ante su rostro—. A la única persona a la que debería estar llamando en este momento es a su abogado.

Tonya le fulminó con la mirada pero acabó haciéndole caso. Permaneció en silencio y se cruzó de brazos con el único objetivo de retrasar lo inevitable.

—Quizá no diera el golpe de gracia, pero mató a su marido. La mayoría de las veces suele ser el cónyuge, y esta vez no es diferente.

—Es usted un idiota.

Por primera vez, el rostro de Tonya mostraba un ápice de miedo.

—Sebastien sufrió un traumatismo, pero no lo provocó el bastón de Pearl. —Tyler Gates escrutó nuestras expresiones—. Su atacante está aquí.

—Está claro que se trata de Pearl —mascullo Tonya—. Es tan estúpida que se dejó el bastón,

—¿Cómo te atreves a llamarme estúpida?

La tía Pearl levantó el bastón en dirección a Tonya.

—¡Lo está haciendo de nuevo! —gritó—. ¡Detenedla!

Cogí a mi tía por detrás como si la abrazara y tiré de ella para apartarla. Me di cuenta de que no recordaba haberla abrazado nunca antes. No era una persona muy dada a las muestras de cariño. Aunque era como si la viera por primera vez. Mi tía tenía tanto coraje y tanto carácter que había olvidado lo delgada y frágil que era.

—Pearl no lo mató —dijo Tyler—. No tiene tanta fuerza.

Miré con nerviosismo a mamá. Si teníamos en cuenta sus poderes sobrenaturales podía tener mucha fuerza. Tonya también lo sabía. ¿Estaría tan desesperada como para revelar que éramos brujas?

—En realidad, puede...

Corté a Tonya antes de que pudiera acabar la frase.

—Pearl no es rival para un hombre de ciento treinta kilos.

—Sobre todo si mide casi dos metros —añadió Tyler—. No tiene altura suficiente para llegar a la parte superior de su cabeza. Y claramente no tiene fuerza para inutilizarlo.

La tía Pearl puso los ojos en blanco y le frunció el ceño al sheriff.

—¿Puedo irme ya? —preguntó Tonya.

Tyler Gates las ignoró a las dos.

—El objeto con el que golpearon a Sebastien era mucho más pesado que el bastón de Pearl. Su atacante era tan fuerte que no solo le hizo una herida superficial sino que además le fracturó el cráneo.

Nos volvimos todos hacia Jack, que, con su más de 1.80 destacaba al lado Tonya. Sus ojos se abrieron como platos cuando Alan salió de la glorieta. Medía más de dos metros y se le veía intimidante al lado de Jack. Sonrió, preparado para ayudar al sheriff en caso necesario.

Tyler Gates sostenía las esposas en la mano izquierda.

—De hecho, sabemos exactamente qué objeto utilizó el atacante. —Se agachó y cogió una palanca de hierro que había junto a los escalones de la glorieta—. Una palanca de hierro. Exactamente igual a esta. La terminación de la palanca dejó una marca peculiar en el cráneo de Sebastien Plant. Esa marca no coincide con el bastón de Pearl. Sin embargo, es exactamente igual a la palanca del Lamborghini de Jack.

—No puede demostrarlo. —Jack empezó a sudar—. Pudo haber sido cualquier cosa.

El sheriff Gates negó con la cabeza.

—La marca en la sien de Sebastien está muy clara. Esta mañana conseguí un permiso para registrar su coche. Le faltaba la palanca. —Jack suspiró, aliviado—. Hasta que la encontramos más tarde en la papelera de su habitación. Tenía sangre de Sebastien.

—Eso es mentira. El bastón de Pearl también estaba cubierto de sangre.

—Robaron el bastón de Pearl y lo dejaron en la glorieta para incul-

CAZA DE BRUJAS

parla. La marca en la sien de Sebastien Plant descarta el bastón. Y no es solo eso, el ángulo y la fuerza requerida para dejar una marca así demuestran que fue alguien mucho más alto que Pearl. De hecho, es el único que se encontraba en el hostal anoche que cumple con los requisitos de estatura.

—¡Es el hombre al que vi! —Pearl se llevó las manos a la boca—. El encapuchado.

—¡Tú mataste a mi marido! —chilló Tonya cargando contra Jack y dándole puñetazos en el pecho.

El sheriff miró fijamente a Jack.

—Lo siguió hasta la glorieta y allí lo golpeó en la cabeza.

—Imposible. No estuve allí.

—No tiene coartada. Además, tenemos a un testigo.

—Quiero un abogado —dijo Jack—. No tengo nada que ver con todo esto.

—Jack estaba celoso de Sebastien. —Los chillidos de Tonya se convirtieron en una calma mortal—. Insistió en que lo dejara, pero me negué. Así que mató a mi pobre y dulce marido.

—No es cierto —lloró Jack—. Me dijiste que lo querías fuera de tu vida. Que te pegaba.

—No dije nada por el estilo. Estás obsesionado conmigo. —Tonya se secó una lágrima fingida de la mejilla—. Seb y yo teníamos una vida feliz juntos. Y un monstruo acabó con ella.

—Al fin y al cabo, eso no es tan importante —dijo Tyler—. No lo mató el golpe.

—¿No? —Jack parecía esperanzado de repente.

Tyler negó con la cabeza.

—Sebastien fue envenenado. El golpe de Jack escondió la verdadera causa de la muerte.

—No, Jack lo mató. Y le pido que lo arreste ahora mismo —sollozó Tonya.

De repente vi aparecer a cuatro agentes de policía de Shady Creek atravesando el jardín. Esperaron a unos tres metros mientras el sheriff Gates hablaba. Probablemente habrían venido como refuerzo.

—Sebastien Plant murió de intoxicación por etilenglicol. De

hecho, ya estaba muerto cuando Jack lo golpeó con la palanca. Por eso no había mucha sangre —explico el sheriff Gates—. Y por eso también dejo una marca tan característica en el cráneo. El forense dice que si hubiera seguido vivo y con la sangre circulando, las marcas del golpe habrían sido muy distintas.

La tía Pearl tosió.

—Esa mujer tiene un montón de ases bajo la manga. Vaya bruja.

Me asusté al oír la referencia, pero nadie más pareció notarlo.

El sheriff Gates señaló a Tonya.

—Preparó todo el montaje para culpar a Jack del asesinato. Por eso se registraron pronto y mantuvo a Sebastien en la habitación hasta que no pudo casi ni caminar. Sebastien no estaba borracho, sino envenenado. Lo persuadió para que saliera a tomar el aire y despejarse de la borrachera. Tuvo que hacerlo, porque no había modo de que pudiera transportar a un hombre obeso de más de ciento treinta kilos.

—¿Por qué conducirlo hasta la glorieta? —preguntó Alan.

—No está muy a la vista. Le concedía tiempo para que no fuera descubierto enseguida. Los efectos del anticongelante pueden revertirse, pero solo durante un corto periodo de tiempo, antes de que sea demasiado tarde. No podía dejarlo en la habitación sin tener una explicación de porqué no había llamado para pedir ayuda. Declarar que había ido a dar una vuelta por el jardín era perfecto. Tendría una coartada mientras él moría lentamente.

—Todo esto es culpa mía —intervino Tonya con la voz rota—. Estaba muy deprimido. No tendría que haberlo dejado solo. Había tenido pensamientos suicidas los últimos meses. Pero no tenía ni idea de que hubiera bebido anticongelante.

—La mayoría de la gente no sabe que el etilenglicol es el nombre químico del componente principal del anticongelante. Se la ve muy familiarizada con el tema.

—Porque soy una persona inteligente, sheriff. Pero desearía haber sido lo suficientemente inteligente como para impedir que mi marido se quitara la vida.

—Estoy bastante seguro de que le ayudó —dijo Tyler—. Alguien puso el etilenglicol en su bebida. Hemos analizado el vaso que había en la mesita de su habitación y hemos encontrado restos de la sustancia. Y sus huellas en el vaso. Lo echó en su bebida.

—Vaya imaginación tiene, sheriff. Pero eso no es lo que ocurrió.

—Nadie se suicida con anticongelante —replicó el sheriff Gates—. O toman pastillas o se pegan un tiro en la cabeza. Hay más cosas que no cuadran con la teoría del suicidio. Es bastante raro que se encontraran sus huellas en el vaso, pero no las de Sebastien. Le puso el vaso en los labios mientras estaba vagamente consciente y lo forzó a beber. Los suicidas no llevan guantes para ocultar sus huellas. No les importan ese tipo de cosas, porque ya no les importa nada en el momento en que deciden hacerlo.

—Sus técnicos de laboratorio son tan incompetentes como usted —espeto Tonya—. O no vieron las huellas o analizaron el vaso equivocado.

Sonaba más desesperada a cada minuto que pasaba.

—Es el laboratorio estatal. Este solo es uno de los muchos casos que llevan, y tienen muy buena reputación. Le pasaré su queja sobre el laboratorio al gobernador también.

—Si estaba envenenado, ¿cómo pudo caminar solo hasta la glorieta? —preguntó fingiendo un sollozo.

—Fácil. Los efectos del anticongelante no son instantáneos. Los primeros síntomas son que a la persona se le enreda la lengua y pierde la coordinación.

—Como un borracho —dijo mamá.

—Exacto —corroboró Tyler—. El veneno se hizo notar en la autopsia. El etilenglicol forma cristales en los riñones que permanecen intactos tras el fallecimiento. Esa fue la causa de la muerte. El traumatismo causado por el golpe de Jack fue grave, pero ocurrió después. De cualquier modo, no le habría provocado una muerte instantánea.

Jack frunció el ceño y estudió a Tonya.

—Me mentiste. Te inventaste todas esas mentiras sobre Sebastien. Me has usado.

Tyler miró fijamente a Jack.

—Es exactamente lo que ha hecho. Le ha culpado del asesinato de Sebastien.

La tía Pearl asintió. Por una vez, estaba del lado del sheriff.

—Siempre hay que sospechar del cónyuge, pase lo que pase.

Tonya tosió mientras el sheriff Gates le ponía las esposas. Otro agente hizo lo mismo con Jack, y los condujeron a los dos hasta los coches de policía para ser llevados a la cárcel de Shady Creek.

Permanecimos en silencio observando la escena.

—Me alegro de que haya terminado todo —dijo mamá.

—Ha terminado para vosotras, pero acaba de empezar para Tonya. Sebastien no era el primer esposo de Tonya, ni el primero en morir en circunstancias sospechosas. Su primer marido murió súbitamente a la edad de treinta y ocho años. Su familia pidió la autopsia, pero, Tonya, su familiar más cercano, se negó. Supongo que exhumarían su cadáver.

La bruja que lo tenía todo acababa de quedarse sin nada.

CAPÍTULO 37

*E*l fin de semana de mi casi boda, ruptura, asesinato de Plant y asuntos internacionales con el tribunal de la AIAB me había dejado exhausta. A juzgar por su expresión, la tía Pearl también lo estaba.

—La Escuela de Encanto Pearl está en su pausa semestral desde ahora mismo —declaró.

—¿He aprobado?

—Apenas has empezado. —La tía Pearl sonrió con suficiencia—. Pero, con lo poco que has hecho... Aún no he puesto las notas.

Me quedé boquiabierta. Después de todo lo que había hecho me merecía un sobresaliente.

—Tendría que haber conseguido un aprobado automático.

—Te estoy tomando el pelo, Cen. Has aprobado.

Me relajé, sorprendida por lo mucho que significaban de repente la magia y la aprobación de la tía Pearl. Sentía un afecto renovado por mi tía ahora que era consciente de lo mucho que había arriesgado por salvar el pueblo. Quizás tuviéramos más cosas en común de lo que creía en un primer momento.

Nos sentamos en una mesa de picnic en el jardín trasero. Una cálida brisa de media tarde soplaba entre las hojas de los álamos que bordeaban la parte trasera de la propiedad. Los últimos invitados que habían venido a pasar el fin de semana se habían ido hacía unas horas, así que decidimos aprovechar el buen tiempo para celebrar una barbacoa improvisada.

Teníamos el estómago lleno de pollo, de ensalada de patata al estilo secreto de mamá y de mazorcas de maíz. La tía Pearl y yo nos sentamos justo enfrente de Hazel y la tía Amber que habían llegado justo a tiempo para celebrar la detención de Tonya. También habíamos invitado al sheriff Gates, que se sentó a la derecha de Amber.

De repente Tyler vio a Alan corriendo hacia nosotras. Aunque había recuperado su forma humana, seguía teniendo la energía perruna, y parecía tener más hambre que nunca. Sonrió de oreja a oreja al acercarse a la mesa. Le devolví la sonrisa, sintiendo su contagiosa alegría cuando se unió a nosotros. Estaba casi tan aliviada como él.

Aunque ver a Alan en forma de *border collie* era gracioso, tenía que admitir que me había preocupado que nunca volviera a ser él. También lo había echado de menos. Era maravilloso tener a mi hermano de vuelta. Incluso Hazel parecía alegrarse de verlo. Me alegraba ver que Hazel y la tía Pearl volvían a ser grandes amigas.

—Espero que os quede sitio para el postre.

Mama apareció por la puerta de la cocina con una gran bandeja. Mi corazón dio un brinco al reconocer la tarta nupcial. Por un momento, me había olvidado de la cancelación de la boda y de mi ruptura con Brayden, pero la tarta me recordó todos esos sentimientos. De repente el día parecía nublado por la culpa.

—Hora de la celebración.

Todos me miraron cuando mamá puso la tarta sobre la mesa.

—Mama, no. —Negué con la cabeza.

—Tranquila, Cen. Es una tarta deliciosa y no pienso echarla a perder. Mira bien. —Mamá señaló a la cima de la tarta.

Se me iluminaron los ojos al fijarme en la tarta. Me animé al ver que, aunque era mi tarta de boda, la decoración era totalmente diferente. El novio y la novia habían sido reemplazados por una miniatura del Hostal Westwick Corners con la familia West al completo.

Mamá, Pearl y Amber estaban de pie en el pórtico, una junto a la otra. Alan, en su forma humana, y yo estábamos delante de la casa, mientras que la abuela Vi levitaba sobre nosotros. Se me derritió el corazón ante la dulce escena que mamá había creado tan meticulosamente sobre la tarta.

Aunque ni siquiera mamá podía trabajar tan rápido sin magia, seguro que había contado con ayuda. Supuse que ahora ambas nos sentíamos un poco más cómodas con nuestros poderes. Sentí un gran afecto por mi madre y su talento, astuta y ahorradora al mismo tiempo. También me sentí eternamente agradecida al darme cuenta de cómo había gestionado ella sola el hostal mientras la tía Pearl y yo luchábamos contra el crimen sobrenatural.

—Es preciosa. Es una lástima comérsela.

—No seas boba, Cen —dijo mamá entregándome el cuchillo—. Pide un deseo.

Se me pasaron varias cosas por la mente, pero, por primera vez, sentí que no quería nada en especial.

No cambiaría nada de mi empleo sin futuro y mi periódico poco solvente. Tampoco estaba segura de querer cambiar nada de Westwick Corners. Me encantaba mi excéntrica familia tal y como era, sin importarme lo que pensaran los de fuera. Incluso estaba contenta conmigo misma. Por primera vez me sentía orgullosa de ser una bruja. Nunca volvería a menospreciar lo que tenía.

Di un vistazo alrededor de la mesa. Sentía todas las miradas sobre mí, esperando a que cortara la tarta. Mis ojos se encontraron con la seductora mirada de Tyler Gates.

El corazón me dio brinco.

Cerré los ojos y respiré profundamente.

Después de todo, quizá sí que deseara algo.

* * *

¿Te ha gustado *Caza de brujas*?

Lee *La bruja de la suerte*

Puedes conseguir los demás títulos de la colección y otros libros de Colleen en este enlace o en su página web. Regístrate para recibir el boletín de noticias en http://eepurl.com/c0js9v

http://www.colleencross.com

MENSAJE DE LA AUTORA

Si has disfrutado de la lectura de *Caza de brujas*, te agradecería que dejaras una reseña y que lo recomendaras a tus amigos. ¡El boca a boca es el mejor amigo de los escritores!

Caza de brujas es el primer título de la saga *Los misterios de las brujas de Westwick*, y tengo muchos más en mente. Mientras haya lectores que disfruten con mis historias, seguiré escribiendo.

Si te ha gustado *Caza de brujas* y quieres ser el primero en enterarte de nuevos lanzamientos y ofertas exclusivas, suscríbete a mi boletín de noticias. Solo te llegarán tres o cuatro correos en todo el año, avisando de nuevos lanzamientos. Regístrate en http://eepurl.com/c0js9v

www.colleencross.com

También he escrito más sagas de *thriller* y misterio que te podrían gustar. Puedes conseguirlas aquí.

¡Muchísimas gracias por tu lectura!

MENSAJE DE LA AUTORA

Colleen Cross

ACERCA DEL AUTOR

Colleen Cross - autor de thriller, crimen y misterio

Colleen Cross tiene tres sagas de thriller y misterio. La última, Los misterios de las brujas de Westwick, es una serie de misterios paranormales ambientados en el pequeño pueblo de Westwick Corners, un pueblo casi fantasma donde nunca ocurre nada... excepto cuando las brujas se involucran.

Las dos sagas anteriores son de Katerina Carter, una contadora forense e investigadora de fraudes muy espabilada. Siempre hace lo correcto, aunque sus métodos poco ortodoxos sean de infarto.

Colleen también escribe no-ficción de delitos de guante blanco. Anatomía de un esquema Ponzi: Estafas pasadas y presentes, que expone a los mayores estafadores de todos los tiempos y cómo se libraron de sus crímenes. Predice el lugar y el momento exacto en el que ocurrirá la mayor estafa Ponzi de la historia, y será muy pronto.

Visita la página web www.colleencross.com y regístrate para recibir notificaciones sobre nuevos lanzamientos y ofertas especiales.

boletín de noticias: http://eepurl.com/c0js9v

Puedes contactarme en colleen@colleencross.com

También puedes encontrarme en las redes sociales:

Facebook: www.facebook.com/colleenxcross

Twitter: @colleenxcross

Y encontrarme en Goodreads.

Website: www.colleencross.com

OTRAS OBRAS DE COLLEEN CROSS

Los misterios de las brujas de Westwick

Caza de brujas

La bruja de la suerte

Bruja y famosa

Brujil Navidad

Brujería mortal

Serie de suspenses y misterios de Katerina Carter, detective privada

Maniobra de evasión

Teoría del Juego

Fórmula Mortal

Greenwash: Un Engaño Verde

Fraude en rojo

Luna azul

No-Ficción:

Anatomía de un esquema Ponzi: Estafas pasadas y presentes

¡Inscríbete su boletín para estar al tanto de sus nuevos lanzamientos!

http://eepurl.com/c0js9v

www.colleencross.com